Barbara Cartland
Der stolze Graf

Der stolze Graf

MOEWIG

Titel der Originalausgabe: Safe in Paradise
Aus dem Englischen von Thomas Bauer
© Barbara Cartland 1994
© der deutschen Übersetzung
by Pabel-Moewig Verlag KG, Rastatt
www.MOEWIG.de
Umschlagfoto: VPM, Rastatt
Printed in Germany
ISBN 3-8118-5571-9 (8er-VE)

Zum Buch

Als die schöne und reiche Zarina von den Plänen ihres Vormundes erfährt, sie mit einem wesentlich älteren Herzog zu verheiraten, sucht sie verzweifelt nach einem Ausweg. Da kommt ihr zu Ohren, daß der Graf von Linwood, den sie seit ihrer Kindheit kennt, vor dem finanziellen Ruin steht. Zarina bietet ihm sofort ihre Hilfe an, allerdings unter einer Bedingung: Er soll sich zum Schein mit ihr verloben und sie vor der von ihrem strengen Vormund für sie geplanten Hochzeit bewahren. Der junge Graf geht nur widerwillig auf ihren Vorschlag ein, denn der Gedanke, Zarinas Geld in Anspruch nehmen zu müssen, entsetzt ihn zutiefst. Doch damit nicht genug: Schon bald muß Linwood feststellen, daß Zarina die Frau ist, von der er ein Leben lang geträumt hat. Aber ihr Reichtum macht es ihm unmöglich, ihr seine Liebe zu gestehen ...

Zur Autorin

Barbara Cartland, die Stiefgroßmutter von Lady Di, war die erfolgreichste Autorin aller Zeiten. In 77 Jahren schrieb sie – neben Dramen, Biographien und Diätkochbüchern – 723 Liebesromane mit einer weltweiten Gesamtauflage von schätzungsweise einer Milliarde Exemplare! Das sicherte ihr sogar einen Eintrag in das Guinness-Buch der Rekorde. Sie starb im Mai 2000 im Alter von 98 Jahren.

1

1887

Zarina Bryden stieg aus der Kutsche, mit der sie aus London gekommen war. Aufgeregt lief sie die Eingangstreppe hinauf.

Der alte Butler, den sie seit ihrer Kindheit kannte, erwartete sie in der Halle. »Willkommen zu Hause, Miss Zarina!« sagte er lächelnd. »Es wird einem richtig warm ums Herz . . . wie schön, daß Sie wieder da sind.«

»Es ist wunderbar, zurück zu sein, Duncan«, antwortete sie freundlich. Sie plauderte einige Minuten mit ihm und ging dann in den Salon. Dort betrachtete sie all die vertrauten Dinge, die sie seit über einem Jahr nicht gesehen hatte.

Nachdem ihre Eltern bei einem Eisenbahnunglück getötet worden waren, hatte Zarina ihr Zuhause verlassen müssen und war nach London gegangen. Seitdem lebte sie bei ihrem Onkel und ihrer Tante. Es war eine vernünftige Entscheidung gewesen, zu ihnen zu ziehen, da sie in Knightsbridge eine Schule für höhere Töchter besuchte — eine Schule, die aristokratischen jungen Damen den letzten gesellschaftlichen Schliff verlieh.

Sie hatte im Laufe der Zeit viele neue Freunde gefunden, denn als Debütantin wurde sie auf alle wichtigen Feste und zu den bedeutendsten Bällen eingeladen. Ihr Erfolg war wenig überraschend, schließlich war sie nicht nur außergewöhnlich schön, sondern auch unglaublich reich. Als einziges Kind von Colonel Harold Bryden hatte sie ein beachtliches Vermögen geerbt. Dazu war eine gewaltige Summe von ihrer amerikanischen Patentante gekommen.

Zu Zarinas Taufe war ihre Patentante, eine Freundin ihrer Mutter, eigens nach England gereist. Mrs. Vanderstein hatte wohl russisches Blut in ihren Adern und war sehr stolz darauf. So hatte sie darauf bestanden, daß ihr Patenkind nach ihr benannt würde. Sie war zweimal verheiratet gewesen und hatte keine eigenen Kinder. Aus diesem Grund hatte sie Zarina ihr gesamtes Vermögen hinterlassen.

Im Augenblick war die englische Gesellschaft an amerikanischen Erbinnen sehr interessiert. Daher war es kein Wunder, daß Zarina und ihr Bankkonto größte Aufmerksamkeit genossen. Und doch waren die jungen Männer, die sie auf Knien anflehten, ihre Frau zu werden, nie von ihrem Vermögen allein beeindruckt, sondern waren ebenso von ihrer Schönheit und ihrem Liebreiz angetan.

Jetzt, am Ende der Saison, hatte Zarina beschlossen, in ihr Haus auf dem Lande zurückzukehren. Hier war ihr Zuhause. Sie hatte diesen Vorschlag schon früher gemacht, aber ihr Onkel und ihre Tante hatten es für einen Fehler gehalten, das Leid wieder wachzurufen, das sie durch den Tod ihrer Eltern erfahren hatte.

Als sie sich nun im Salon umschaute, spürte sie, wieviel ihr Bryden Hall bedeutete. Fast konnte sie ihre Mutter auf einem Stuhl am Fenster sitzen sehen — da, wo sie immer gesessen hatte, um der kleinen Zarina Märchen vorzulesen.

Durch ihren Vater hatte sie die Bücher schätzen gelernt, die in der großen Bibliothek standen. Dort hatte er ihr auch von den vielen Ländern erzählt, in denen er gewesen war, und deren Faszination beschrieben.

»Wenn du älter bist, mein Püppchen«, versprach er oft, »werde ich dich mit nach Ägypten nehmen und dir die Pyramiden zeigen. Wir werden den Suezkanal durchqueren, der erst vor achtzehn Jahren eröffnet wurde, und dann weiter bis zum Roten Meer fahren.«

»Laß uns gleich fahren, Papa«, hatte Zarina gebettelt.

Doch er hatte nur den Kopf geschüttelt. »Es gibt noch so vieles, was du hier zu Hause lernen mußt, bevor du anfangen kannst, die Welt zu entdecken. Ich habe dir schon oft gesagt, daß ich intelligente Frauen wie deine Mutter schätze — und nicht die hohlköpfigen Damen der sogenannten besseren Gesellschaft.«

Zarina erinnerte sich an sein vernichtendes Urteil über die vielen Schönheiten, die sich in London so großer Beliebtheit erfreuten. Es war allgemein bekannt, daß der Prinz von Wales gerade diesen charmanten, aber oberflächlichen Damen nachstellte. Natürlich sah Seine Königliche Hoheit außerordentlich elegant und sehr schneidig aus. Zarinas Altersgenossinnen erklärten ihr jedoch, daß er nicht an jungen Mädchen interessiert sei und daß sie gewiß niemals nach Marlborough House eingeladen würde. Was Zarina nicht im geringsten beunruhigte. Es war ihr allerdings klar, daß ihre Tante Edith jede Minute »königlicher Gegenwart« genossen hätte.

Lady Bryden kannte eine Menge berühmter Gastgeberinnen. Zarinas Onkel, General Sir Alexander Bryden, hatte die königliche Reitergarde kommandiert, was ihn zur *persona grata* weiter Kreise der Gesellschaft machte. Zarina fand ihn äußerst respekteinflößend. Und da er ihr Vormund war, mußte sie für alles, was sie zu tun gedachte, seine Erlaubnis einholen.

Es war ein schweres Stück Arbeit gewesen, ihn davon zu überzeugen, daß sie gleich zum Ende der Saison nach Hause fahren müsse.

»Deine Tante hat wirklich viel in London zu erledigen«, hatte er eingewandt.

»Dann sage ich dir, was wir machen, Onkel Alexander«, hatte sie geantwortet. »Du und ich, wir könnten für ein paar Tage nach Bryden Hall fahren. Ich muß einfach wissen, wie es dort aussieht. Schließlich bin ich jetzt, da Papa tot ist, für die Menschen aus dem Dorf und auf dem Anwesen verantwortlich.«

Es sollte nach Pflicht klingen, denn das würde ihr Onkel verstehen.

Tatsächlich kapitulierte er daraufhin. »Also gut, Zarina, wir werden am Donnerstag fahren und vielleicht eine Woche bleiben. Ich werde versuchen, deine Tante davon zu überzeugen, daß sie mitkommt, aber ich weiß, sie hat einige Komiteesitzungen, die sie nicht versäumen darf.«

Lady Bryden widmete sich überaus hingebungsvoll »guten Zwecken«, besonders seit diese sie in Kontakt zu einigen der bekanntesten Pairsgattinnen und weitläufigeren Verwandten des Königshauses brachten.

Während sie sich nun im Salon umsah, empfand Zarina die Anwesenheit ihrer Mutter so deutlich, als könne sie mit ihr sprechen. Sie hatte bereits geahnt, daß sie sich beim Nachhausekommen so fühlen würde, und wollte diese Empfindungen auch nicht unterdrücken.

Als sie Duncans Stimme hörte, zuckte sie erschrocken zusammen.

»Ich glaube, Miss Zarina, Sie würden Ihren Tee gerne in der Bibliothek trinken, ganz wie in alten Zeiten.«

»Aber sicher möchte ich, Duncan«, antwortete Zarina lächelnd. »Es ist sehr nett, daß Sie daran gedacht haben.« Sie nahm Hut und Reise-Cape ab und überreichte ihm beides. »Meine Zofe kommt gemeinsam mit dem Kammerdiener des Generals nach. Ich denke, Mrs. Merryweather wird ihr alles zeigen.«

»Sie wartet schon darauf, Miss Zarina«, sagte Duncan. »Und sie ist schon ganz ungeduldig, Sie zu sehen. Cook auch, und natürlich Jenkins im Stall.«

»Ich möchte jeden und alles sehen!« Zarina lächelte. »Oh, Duncan, es ist wunderbar, zu Hause zu sein! Ich habe euch alle vermißt, gerade so wie ...

Papa und Mama.« Tränen stiegen ihr in die Augen, als sie von den beiden sprach.

Duncan klopfte ihr wie in ihrer Kindheit auf die Schulter. »Na, na, regen Sie sich nicht auf, Miss Zarina! Ihr Vater würde wollen, daß Sie tapfer sind, und es gibt eine Menge zu tun, jetzt, wo Sie wieder zu Hause sind.«

Zarina wischte rasch ihre Tränen weg.

Sie gingen den Flur entlang zur Bibliothek, einem wundervollen Raum mit einer Galerie aus Messing, die durch eine Stiege mit gewundenen Holzstufen erreicht werden konnte. Als Kind hatte Zarina es geliebt, dort hinaufzuklettern. Sobald sie allein wäre, würde sie wieder auf die Galerie steigen, nahm sie sich vor.

Der Tee war vor dem Kamin angerichtet worden. Da es Sommer war, füllten statt Flammen bunte Blumen die Feuerstelle aus.

»Ich frage mich, wann der General wohl eintrifft, Miss Zarina. Wenn er jetzt käme, ginge ich rasch eine zweite Tasse holen.«

»Er hat den Zug genommen und sollte gegen halb sieben hier sein, gerade rechtzeitig zum Dinner«, antwortete Zarina. »Sagen Sie Jenkins bitte, er soll ihn vom Bahnhof abholen.«

»Sehr wohl, Miss Zarina. Wird Ihre Ladyschaft ihn begleiten?«

»Nein, meine Tante mußte in London bleiben«, erklärte Zarina. Sie lächelte den alten Mann an. »Ich hätte es wirklich vorgezogen, allein hierzusein. Sicher hat Jenkins die Pferde gut auf Trab gehalten.«

»Hat er, Miss Zarina! Hat sie gestriegelt, bis ihr Fell wie Seide geglänzt hat.«

Zarina lachte. Natürlich war alles so hergerichtet worden, um ihr eine glückliche Heimkehr zu bereiten.

Trotz ihres Aufenthaltes in London hatte sie Kontakt zu Mr. Bennett gehalten, der für das Haus und die Besitzungen verantwortlich war. Ihr Vater hatte ihm vertraut, und sie wußte, sie konnte es ebenso. Er hatte ihr jede Woche geschrieben, um sie über die Geschehnisse im Dorf und unter ihren Angestellten auf dem laufenden zu halten. Zarina schrieb Gratulationsbriefe an diejenigen, die Goldene Hochzeit feierten, und es gab Geschenke für alle Dorfbewohner, die heirateten. Sie hatte Mr. Bennett aufgetragen, die Löhne derer zu erhöhen, die für sie arbeiteten. Schließlich konnte sie es sich leisten, und sie wollte, daß der Besitz so gut ausschaute wie zu Zeiten ihres Vaters, vielleicht sogar ein bißchen besser.

Während sie ihren Tee trank, fragte sie Duncan nach den Menschen, die sie gut kannte. Der Vikar war, seit er sie auf ihre Konfirmation vorbereitet hatte, immer einer ihrer Lieblinge gewesen.

»Der Pastor ist wie immer«, berichtete Duncan. »Er ist ein bißchen älter geworden, und seine Haare werden grau. Aber er ist gütig wie eh und je.« Er machte eine Pause. »Er hat ein wenig Ärger mit seinem Sohn, aber ich nehme an, Mr. Bennett wird's Ihnen schon erzählen.«

»Ich weiß, Mr. Walter hatte im letzten Jahr drei verschiedene Anstellungen«, sagte Zarina. »Aber inzwischen wird er doch zur Ruhe gekommen sein?«

Duncan schüttelte den Kopf. »Bei Mr. Walter kann man sich da nie so sicher sein.«

Sie sprachen ein Weilchen über die Familie des Vikars, dann fragte Zarina nach dem Doktor und seinen Kindern und den Besitzern des kleinen Ladens. Sie war erleichtert zu hören, daß alle noch da waren und sich nur wenig verändert hatte.

Nachdem sie ihren Tee getrunken hatte, ging sie nach oben. Die Kammerzofe und Mrs. Merryweather unterhielten sich gerade in Zarinas Schlafzimmer. Sie ging an der halbgeöffneten Tür vorbei zur Herren-Suite, dem Schlafzimmer ihrer Eltern. Als sie die Tür öffnete, roch sie den Duft von Lavendel. Ihr war, als seien ihre Eltern hier und würden nur auf sie warten.

Die Vorhänge vor den Fenstern waren geschlossen, und Zarina zog sie auf, um die Sonnenstrahlen hereinzulassen. Sie betrachtete das von vier Pfosten eingerahmte große Bett. Wie oft war sie hineingeklettert, hatte sich neben ihre Mutter gelegt und sie um eine Geschichte angebettelt.

Dem tiefen Schmerz, zurückzukommen und die Eltern nicht vorzufinden, durfte sie sich nicht länger entziehen. Allzu lange hatte sie ihre Bediensteten vernachlässigt, die sie vor allem als die Tochter des verehrten Vaters liebten.

»Was immer Onkel Alexander und Tante Edith sagen«, murmelte sie entschlossen, »ich werde mindestens den Herbst über hierbleiben.«

Ihr Aufenthalt in London war aufregend gewesen, daran gab es keinen Zweifel. Erfolg konnte sehr reizvoll sein. Natürlich konnte sie unmöglich überhören, daß sich, sobald sie einen Ballsaal betrat, sämtliche älteren Damen von Adel zuraunten: »Hier kommt die Erbin.« Dasselbe widerfuhr ihr, wenn sie zu einer Party, einem Lunch oder einem Empfang ging.

Anfangs hatte es sie sehr befangen gemacht, aber noch während sie es zu ignorieren versuchte, mußte sie sich eingestehen, daß ihr Geld sie zu etwas Besonderem machte. Es gab kein Entkommen. Ihr Verstand sagte ihr zwar, daß ihr Geld kein Hindernis zwischen ihr und anderen Menschen sein dürfe. Und dennoch war sie auf der Hut, wenn ein junger Mann sie in den Garten führte und ohne Umschweife sagte: »Ich liebe Sie, Zarina, und ich will Sie zur Frau haben, ich will es mehr als irgend etwas je zuvor.« Das klang sehr überzeugend. Kein Zweifel, daß es zumindest so aussah, als liebe er sie.

Häufig erfuhr Zarina jedoch zur gleichen Zeit, daß der in Frage kommende Mann hoch verschuldet war. Oder aber er war der Sohn eines bekannten Aristokraten, dessen älterer Bruder einmal alles erben würde.

So konnte sie sich des Verdachts, den sie bei jedem Heiratsantrag schöpfte, der einer allzu kurzen Bekanntschaft folgte, nicht erwehren. Warum die Eile — außer der Betreffende wollte ihr Geld? Konnte er nicht warten und sich mit ihr befreunden? Nur so konnten sie herausfinden, ob sie sich wirklich liebten.

Darauf gab es nur eine Antwort. Der übereifrige

Bittsteller befürchtete, daß ein anderer ihm zuvorkommen könnte. »Zum Ziel gelangen« hieß, die Kontrolle über ihr Geld zu haben.

»Angenommen, ich hätte kein Geld«, überlegte Zarina eines Nachts. »Ich frage mich, was dann passieren würde.« Sie war gerade von einem Ball zurückgekehrt, auf dem ihr gleich drei Heiratsanträge gemacht worden waren. Natürlich kannte sie die Wahrheit, und die war sehr demütigend.

Jetzt, sagte sie sich, während sie die Fenster des Schlafzimmers ihrer Eltern öffnete, jetzt bin ich zu Hause. Die Menschen hier hatten sie geliebt, bevor sie reich war. Sie würden sie nicht mehr lieben als früher, nur weil sie heute ein Vermögen auf der Bank liegen hatte.

Sie schaute hinaus auf den Garten mit seinem ebenen grünen Rasen und den farbenfrohen Blumenbeeten. Dahinter standen die Bäume, auf die sie schon als kleines Mädchen geklettert war.

Ich liebe es! Ich liebe jeden einzelnen Grashalm, die Vögel in den Bäumen und die Bienen, wie sie über die Blumen summen, dachte sie. Ich bin daheim, daheim! Und niemand wird mir mein Zuhause je nehmen können.

Lange blieb sie im Zimmer ihrer Eltern und ging dann in das angrenzende Boudoir hinüber, das viele Schätze ihrer Mutter barg. Dort gab es Porzellanschmuck, über den sie Zarina viele Geschichten erzählt hatte, und an den Wänden hingen Bilder, die ihr Vater seiner Frau geschenkt hatte, denn sie liebte französische Künstler.

Ganz besondere Bücher gab es hier, die ihre Mutter wieder und wieder gelesen hatte und von denen sie sagte, sie sei von ihnen inspiriert worden.

»Auch ich werde sie lesen«, gelobt sich Zarina laut.

Einige Zeit später hörte sie draußen einen Wagen vorfahren und wußte, daß ihr Onkel angekommen war. Sie wünschte sich, er wäre nicht hier und sie könnte allein sein. Zum Entsetzen ihrer Tante hatte sie einmal angedeutet, er bräuchte London doch eigentlich nicht zu verlassen.

»Selbstverständlich brauchst du eine Begleitung!« hatte sie ihr vorgehalten.

»Aber doch nicht in meinen eigenen vier Wänden«, hatte Zarina eingewandt.

»Du bist kein Kind mehr, auf das ein Kindermädchen achtgeben könnte, sondern eine junge Frau. Wenn sich nun ein Gentleman bei dir vorstellen würde, ohne daß du dich in Begleitung befändest, wäre es gänzlich unkorrekt, auch nur mit ihm zu sprechen!«

Mit ihrer Tante zu diskutieren wäre zwecklos gewesen, also hatte sich Zarina in das Unvermeidliche gefügt.

Jetzt war ihr Onkel hier, und sie befürchtete, daß er wahrscheinlich die Atmosphäre des Hauses und ihre Freude darüber, wieder daheim zu sein, verderben würde.

Als sie den Korridor zu ihrem eigenen Schlafzimmer entlangging, konnte sie seine kräftige und herrische Stimme in der Eingangshalle hören. Sie betrat ihr Schlafzimmer, stieß dort auf Mrs. Merryweather und küßte sie liebevoll auf beide Wangen.

»Welche Freude, Sie zu sehen, Miss Zarina!«

»Es ist wunderbar, zu Hause zu sein«, erwiderte Zarina. »Alles ist wie immer vollkommen. Ich bin Ihnen so dankbar.«

»Wir tun unser Bestes«, sagte Mrs. Merryweather mit offensichtlicher Zufriedenheit. »Es ist wie in alten Zeiten, wenn Sie bei uns sind.«

Zarina nahm ein Bad, das die Hausmädchen vor dem Kamin hergerichtet hatten. Zwei Diener brachten heißes Wasser in polierten Messingkannen herauf. Ihr war, als sei sie nicht länger eine junge Dame, sondern wieder ein Kind. Fast konnte sie ihre Kinderfrau sagen hören: »Nun komm aber, du Trödlerin! Es ist Zeit für das Bett!«

Doch statt dessen zog sie sich eines der schönen, teuren Kleider an, die ihre Tante in der Bond Street für sie ausgesucht hatte, und ging hinunter. Sie war gerade ein paar Minuten im Salon, als ihr Onkel auch schon erschien. Er sah sehr elegant aus in seiner Abendgarderobe. Sein graues Haar, das ein wenig dünn zu werden begann, war peinlich genau zurückgekämmt. Alles an ihm war nach den Worten seines Kammerdieners »wie aus dem Ei gepellt«. Zarina wußte, daß er genau das auch von den Truppen erwartete, die er befehligte.

»Da bin ich, Zarina!« sagte der General und kam auf sie zu. »Der Zug hatte Verspätung — was will man anderes erwarten!«

»Schön, dich zu sehen, Onkel Alexander!« sagte

Zarina und küßte ihn auf die Wange. »Duncan hat zur Feier meiner Heimkehr eine Flasche Champagner geöffnet.«

»Champagner?« rief der General. »Da werde ich nicht nein sagen — nach dieser unbequemen und ermüdenden Reise. Die Leute geraten ja neuerdings über die Annehmlichkeiten der Bahn geradezu in Ekstase, ich dagegen bevorzuge meine Pferde.«

»Mir geht es genauso«, lächelte Zarina. »Wir haben gerade etwas über drei Stunden für die Strecke gebraucht, und es war wunderschön, durch die Landschaft zu fahren.«

Beim Dinner sprachen sie über das Anwesen, und der General sagte: »Wir werden uns morgen die Gehöfte anschauen und nachsehen, wie es mit der Beseitigung der Forstschäden vom letzten Winter vorangeht.«

»Ich bin sicher, wir finden alles zu unserer Zufriedenheit vor«, meinte Zarina. »Mr. Bennett ist überaus tüchtig.«

»Es ist immer ein Fehler, nicht alles bis zum letzten Stein zu inspizieren, was man besitzt«, entgegnete der General. »Und genau das sollten wir tun, bevor wir nach London zurückkehren, meine Liebe.«

Nach kurzem Schweigen sagte Zarina: »Ich dachte gerade, Onkel Alexander, daß ich gerne zumindest bis zum Winter bleibe. Schließlich ist hier mein Zuhause, und wenn ihr unbedingt auf einer Anstandsdame besteht, könnte mir vielleicht eine meiner ehemaligen Gouvernanten Gesellschaft leisten.«

Einen Augenblick lang gab der General keine

Antwort. Er nippte nur an dem Rotwein, den Duncan ihm eingeschenkt hatte, schließlich meinte er: »Darüber wünsche ich noch mit dir zu reden — nach dem Dinner.«

Die Art, wie er sprach, machte Zarina deutlich, daß es um ein Thema ging, das er nicht vor der Dienerschaft zu diskutieren gewillt war. Sie fragte sich, was er ihr wohl zu sagen hätte.

Während sie über andere Dinge plauderten, bestärkte sie sich selbst darin, sich nicht von ihren Plänen abbringen zu lassen. Sie wollte in ihrem eigenen Heim leben. Immerhin waren es noch wenigstens zwei Monate bis zum Beginn der sogenannten Wintersaison. Sie würde nicht vor der Rückkehr der Königin aus Balmoral anfangen. Die Mehrzahl der Männer, die auf Moorhühnerjagd gewesen waren, würden dann ebenfalls nach London zurückkehren.

Natürlich würde ihr Onkel erwarten, daß sie widerspruchslos mit ihm nach London zurückkehren würde. Aber dieses eine Mal würde sie sich durchsetzen, schwor sich Zarina. Er mag mein Vormund sein, aber es ist *mein* Geld, das ich ausgebe, und ich habe das Recht auf einen eigenen Willen. Eine gewisse Besorgnis konnte sie dennoch nicht verleugnen.

Nachdem sie mit dem Kaffee fertig waren und der General ein Gläschen Portwein getrunken hatte, verließen sie das Speisezimmer. Er hatte Zarina bereits erklärt, daß er noch Wert auf ihre Gesellschaft lege, was gegen alle Gewohnheit und die Etikette verstieß. Durch seine Art zu sprechen gab er seinem Verdacht

Ausdruck, Zarina wolle sich einfach aus dem Staube machen, indem sie zu Bett ginge.

Ich bin wirklich recht müde, dachte sie bei sich, als sie den Salon betraten. Aber ich möchte am ersten Tag meiner Heimkehr keine Unstimmigkeiten mit Onkel Alexander.

Duncan hatte die Kandelaber aus Kristall entzündet, die den ganzen Raum im wundervollen Licht erstrahlen ließen. Wenn doch nur Vater und Mutter hier wären, wünschte Zarina sehnsüchtig, wie froh sie alle sein würden. Sie erinnerte sich daran, wie ihr Vater über so vieles hatte lachen können, was sie sagte. Ihre Mutter hätte sie mit liebenden Augen angeschaut, und sie hätte schon von diesen Augen ablesen können, wieviel sie den beiden bedeutete.

Der General baute sich vor dem Kamin auf. Zarina erkannte an seinem Gesichtsausdruck, daß er vorhatte, ihr eine Lektion zu erteilen. Sie versuchte sich zu erinnern, ob sie etwas Falsches getan hatte, aber ihr fiel nichts ein.

Da er es zu erwarten schien, setzte sie sich auf ein Sofa ganz in seiner Nähe. Ihre Hände legte sie sittsam in den Schoß.

»Einer der Gründe, dich heute morgen nicht zu begleiten, Zarina«, begann der General, »war eine wichtige Unterredung, die dich und deine Zukunft betrifft.«

»Mich, Onkel Alexander?« rief Zarina verwundert.

Es schoß ihr durch den Kopf, daß sich einer der Verehrer, die ihr in der vergangenen Nacht auf dem

Ball der Herzogin von Devonshire einen Antrag gemacht hatten, Zugang zu ihm verschafft haben mußte.

Ihre Tante war entzückt gewesen, als Zarina die Einladung erhalten hatte. Devonshire House lag in Picadilly. Mit seinen goldenen Geländern und herrlichen Gartenanlagen, die sich in Richtung Berkeley Square hinzogen, war es eines der imposantesten Häuser Londons. Beeindruckend war auch seine Eigentümerin. Die Herzogin war eine große Schönheit und äußerst charmant. Niemand wäre je auf die Idee gekommen, ihre Einladung abzulehnen.

»Du wirst jede Sekunde dort genießen«, hatte Lady Bryden aufgeregt zu Zarina gesagt. »Natürlich brauchst du ein neues Kleid, obwohl du zwei deiner Abendroben noch gar nicht getragen hast.«

Zarina hielt das für nutzlose Extravaganz. Obwohl Geld keine Rolle spielte, war ihr die Zeit zu schade, die man brauchte, um ein Kleid anzupassen, wenn sie in der gleichen Zeit reiten oder im Park hätte ausfahren können.

Jedenfalls war sie, um ihrer Tante einen Gefallen zu tun, in das teuerste Geschäft in der Bond Street gegangen. Das Kleid war gewiß das schönste, das sie jemals besessen hatte. Selbstverständlich war es weiß — keine Debütantin würde es wagen, eine andere Farbe zu tragen. Es war mit Perlen und Diamanten bestickt und hob ihre außerordentlich schmale Taille hervor. Darüber hinaus bot es ihrem blonden, golddurchwirkten Haar und ihrem hellen Teint einen vollkommenen Hintergrund.

22

Als sie mit ihrer Tante, die vor Diamanten nur so glitzerte, auf dem Ball erschien, war sie eigentlich nicht überrascht von dem Aufsehen, das sie erregten, obwohl sich im Saal so viele gesellschaftlich sehr viel bedeutendere Personen befanden.

Zarina wurde von Verehrern nur so belagert. Ehe sie in den frühen Morgenstunden aufbrach, waren ihr zwei Heiratsanträge gemacht worden. Nein zu sagen, fand sie schon anstrengend genug, aber noch anstrengender war es, der Beharrlichkeit ihrer Begleiter zu entkommen. Aus diesem Grund hatte sie sich angewöhnt, zu empfehlen, doch bei ihrem Onkel »vorzusprechen«. Sie fand das sehr nützlich, da der General äußerst ehrfurchtsgebietend und machtvoll auftreten konnte.

Bisher hatte ein junger Mann nach dem anderen sein Haus am Belgrave Square verlassen, den »Schwanz zwischen die Beine geklemmt«, wie ihr Onkel es nannte.

»Ich bin über diesen jungen Grünschnabel, der dich heute morgen besucht hat, bestens im Bilde«, sagte er dann zu Zarina. »Bis zum Hals in Schulden und eine Familiengeschichte, die ich meinem ärgsten Feind nicht wünschen würde.«

»Danke, Onkel Alexander, daß du dich seiner angenommen hast«, antwortete Zarina meist. »Es ist immer schwierig für mich, ihnen verständlich zu machen, daß ich nicht den Wunsch habe, irgend jemanden zu heiraten.«

»Ihn zu mir zu schicken war das Beste, was du hast tun können«, bestätigte ihr dann der General.

Zarina hielt ihn in der Tat für einen hervorragenden Anstandswauwau. Sir Alexander würde diese Bezeichnung allerdings kaum für ein Kompliment gehalten haben.

Sie fand keinen der beiden Männer, die ihr auf dem Ball einen Antrag gemacht hatten, besonders begehrenswert und hegte nicht den leisesten Wunsch, sie wiederzusehen.

»Es wird dich überraschen, zu erfahren«, sagte der General jetzt, »daß mein Besucher, der vorsprach, als du gerade eine halbe Stunde fort warst, der Herzog von Malnesbury war.«

Zarina fragte sich, was das mit ihr zu tun haben könne.

»Ich kenne ihn nun schon viele Jahre«, fuhr der General fort. »Wir haben nämlich im selben Regiment gedient, bevor er sein Erbe antrat. Wie dem auch sei, als er mich bat, ihn zu empfangen, hatte ich keine Ahnung vom Grund seines Besuches.«

Während Zarina zuhörte, merkte sie, daß ihr Onkel sich viel Zeit nahm, um auf den Punkt zu kommen. Sie konnte sich immer noch nicht vorstellen, warum der Herzog sie auf irgendeine Weise etwas angehen sollte.

Langsam, jedes einzelne Wort abwägend, fuhr der Onkel nun fort.

»Um was mich Malnesbury gebeten hat, war — übrigens in beispielhafter und hochkorrekter Manier —, die Erlaubnis, dir seine Aufwartung machen zu dürfen.«

Zarina starrte ihren Onkel überrascht an. »Seine

. . . Aufwartung machen?« wiederholte sie. »Was hat er damit gemeint?«

»Das bedeutet, meine Liebe: Dir wird die große Ehre zuteil, daß Seine Gnaden Dich zur Frau wünscht.«

Einen Augenblick lang war Zarina sprachlos. Dann, nach einem Moment des Schweigens, flüsterte sie: »Seine . . . Frau? Aber . . . er ist . . . sehr alt!«

»Malnesbury dürfte ungefähr fünfundfünfzig sein«, gab der General zur Antwort, »aber er erfreut sich bester Gesundheit, ist ein athletischer Mann, der den größten Teil seiner Zeit auf dem Lande verbringt.«

»Ich erinnere mich daran, letzten Mittwoch auf Lady Coventrys Party mit ihm gesprochen zu haben«, sagte Zarina. »Ich glaube, ich habe auch auf einem furchtbar langweiligen Ball am Grosvenor Square mit ihm getanzt, aber ansonsten habe ich niemals mit ihm geredet.« Sie lachte. »Ich hoffe nur, du hast ihm gesagt, daß allein schon die Vorstellung, ihn zu heiraten, absurd sei.«

»Absurd?« rief der General entgeistert. »Weißt du überhaupt, was du da sagst?«

»Selbstverständlich weiß ich das«, entgegnete sie. »Und unter uns gesagt, Onkel, halte ich es eher für eine Unverfrorenheit, etwas so Lächerliches vorzuschlagen! Er ist beinahe alt genug, mein Großvater zu sein.«

»Du weißt ja nicht, was du sagst!« fuhr sie der General an. »Malnesbury mag zwar kein junger Bursche mehr sein, jedenfalls ist er seit fünf Jahren

Witwer und hat noch keinen Erben.« Der General machte eine Pause und blickte finster zu ihr hinüber. »Jawohl, er hat fünf oder sechs Töchter, aber keinen Sohn«, fügte er dann hinzu.

»Es kümmert mich nicht, was er hat und was nicht!« sagte Zarina scharf. »Und wenn du versuchst, ihn zu ermutigen, Onkel Alexander, machst du einen großen Fehler. Ich würde den Herzog nicht heiraten, selbst wenn er der letzte Mann auf Erden wäre!«

»Guter Gott, Mädchen! Bist du verrückt?« fragte der General zornig. »Die meisten jungen Frauen würden die Gelegenheit beim Schopf packen, wenn der Herzog von Malnesbury sie auch nur ansähe.« Er verschluckte sich fast an seinen Worten, als er fortfuhr: »Er will dich zur Frau! Zur Frau — du dumme, kleine Gans! Das heißt, du wirst Herzogin sein und das traditionelle Amt der Kammerfrau Ihrer Majestät übernehmen.«

Zarina preßte ihre Hände gegeneinander.

»Alles, was ich sage, Onkel Alexander, ist, daß du einen großen Fehler begehst, wenn du den Herzog dazu ermutigst, anzunehmen, ich würde ihn als Ehemann auch nur in Erwägung ziehen. Ich sagte es bereits: Ich würde ihn nicht heiraten, und wäre er der letzte Mann auf der Welt!«

»Hier machst *du* einen großen Fehler — einen sehr großen sogar!« Der General sprach langsam und gefährlich leise. »Ich habe dem Herzog gesagt, daß ich seinen Vorschlag begrüße und daß er dir nicht nur seine Aufwartung machen darf, sondern daß ich ihn von ganzem Herzen als deinen zukünftigen Ehemann willkommen heiße.«

Zarina rang nach Atem. Es gab keinen Zweifel: Notfalls würde er ihr seinen Willen aufzwingen. Sie würde kämpfen müssen, um sich zu retten.

»Du wirst das vielleicht . . . nur schwer . . . verstehen können«, begann sie, »aber ich . . . möchte weder Herzogin werden noch überhaupt jemanden heiraten, den ich nicht . . . liebe. Wie nur könnte ich jemanden lieben, der wie der Herzog alt genug ist, mein . . . Großvater zu sein?«

»Das ist eine idiotische Bemerkung und einfach nicht wahr!« rief der General böse.

»Idiotisch oder nicht«, entgegnete Zarina, »ich werde ihn nicht heiraten, und wenn du ihn als Bewerber akzeptiert hast, wirst du ihm einfach sagen müssen, daß du einen Fehler gemacht hast.«

Einen Moment lang herrschte Stille. Dann schrie der General sie an wie einen widerspenstigen jungen Rekruten: »Du wirst mir gehorchen, denn in diesem Fall hast du keine andere Wahl!«

»Was willst du damit sagen?« fragte Zarina.

»Ich will damit sagen, daß du mein Mündel bist und daß du mir, bis du einundzwanzig bist, nach den Gesetzen unseres Landes zu gehorchen hast!«

»Du kannst mich nicht zwingen, jemanden zu heiraten, den ich nicht heiraten will!«

»Du wirst ihn heiraten!« brüllte der General. »Und wenn ich dich dazu die Stufen zum Altar hochzerren muß!« Er starrte sie böse an. »Wer, zum Teufel, glaubst du eigentlich, wer du bist, daß du einen so wichtigen Mann wie den Herzog zurückweisen kannst? Du magst reich sein, und ich behaupte nicht, der Herzog würde das nicht für einen begrüßenswerten Vorzug halten. Andererseits hat er sich einfach in dich verliebt, du dumme kleine Närrin!« Er atmete tief ein, bevor er weiterredete. »Er war voller Enthusiasmus für deine Schönheit und deinen Charme! Während ich ihm zuhörte, gewann ich den Eindruck, daß es keine glücklichere Frau im ganzen Land geben könne als dich!«

»Glücklich!« schluchzte Zarina. »Mit einem Greis verheiratet zu sein, wenn ich die Wahl habe zwischen einer Unzahl von jungen, reizenden und charmanten Männern?«

»Wer war das denn bisher?« fragte der General zynisch. »Eine Bande von ,Habenichtsen', die dir nichts zu bieten hatten als einen Berg von Schulden.«

»Das ist nicht die ganze Wahrheit!« prostestierte Zarina. »Wenn ich einmal heirate, wird es ein Mann sein, den ich liebe und der mich um meiner selbst willen heiratet.«

Der General stieß ein häßliches Lachen aus. »Hältst du es bei deinem ganzen Geld wirklich für möglich, daß ein Mann dich ausschließlich um deiner selbst willen begehrt? Wenn ja, lebst du in einer Traumwelt. Die meisten Männer denken praktisch. Sie heiraten blaues Blut, Besitz oder Geld.« Er machte eine Pause, bevor er fortfuhr: »Letzteres hast du, aber trotz deiner Herkunft aus einer guten, respektablen Familie des Landadels wirst du kaum so tun können, als stündest du auf einer Stufe mit dem Herzog von Malnesbury.« Er holte Atem und setzte hinzu:

»Du solltest auf die Knie fallen und Gott danken, daß ein so hervorragender und wichtiger Mann dich zur Frau haben will.«

»Was immer du auch vorbringst . . . ich werde ihn nicht . . . heiraten!« stieß Zarina hervor. Sie war sehr blaß, und ihre Hände zitterten vor Angst. Gleichzeitig aber war sie fest entschlossen, sich ihrem Onkel nicht zu unterwerfen. »Du kannst reden und reden«, sagte sie, »ich werde dir nicht zuhören. Ich wiederhole es jetzt zum letzten Mal: Ich werde den Herzog nicht heiraten!«

»Wenn du denkst, du kannst dich mir widersetzen, täuschst du dich sehr«, schrie der General außer sich vor Wut. »Weil du ein Einzelkind warst, hat man dich verzogen, und jetzt wird es Zeit, dir Gehorsam einzuprügeln.« Er maß sie mit einem kalten Blick. »Ich rede nicht leichtfertig daher, wenn ich dir sage, daß ich genau das tun werde, solltest du versuchen, mir ungehorsam zu sein. Spätestens wenn wir zurück in London sind, wirst du einsehen, daß ich nur das Beste für dich und die Familie tue. Ich werde nicht mit dir diskutieren. Du *wirst* Malnesbury heiraten!«

»Ich werde ihn nicht heiraten . . . das werde ich nicht!« rief Zarina. Sie sprang vom Sofa auf. Ihr Onkel sah so bedrohlich aus, daß sie dachte, er würde sie schlagen. Mit wenigen Schritten war sie an der Tür und riß sie auf. Dann blickte sie sich angsterfüllt um und sah, daß er sich keinen Zentimeter gerührt hatte.

»Ich . . . hasse dich!« flüsterte sie. »Und wenn Papa noch leben würde, ließe er nicht zu, daß du mich derart schikanierst!«

Mit diesen Worten verließ sie das Zimmer und schlug die Tür hinter sich zu. Dann lief sie die Treppe zu ihrem Schlafzimmer hinauf, als sei dies die einzige Zuflucht, in die sie sich noch retten könne.

2

Zarina wälzte sich die ganze Nacht hin und her und konnte einfach keinen Schlaf finden. Sie mußte immer wieder an den Herzog denken — diesen alten, langweiligen und abstoßenden Mann.

Gegen Morgen fühlte sie sich am Rande der Hysterie. Die einzige Möglichkeit, ruhiger zu werden, war ein Ausritt. Noch ehe ihre Zofe kam, um sie zu wecken, stand sie auf und kleidete sich an. Dann lief sie eine Seitentreppe hinunter, damit die Hausmädchen, die in der Halle arbeiteten, sie nicht sehen konnten.

Sie war beinahe unten angekommen, als sie sah, wie Mr. Bennett durch eine Seitentür eintrat und in sein Büro ging. Eigentlich freute sie sich darauf, ihn zu sehen, aber im Augenblick wollte sie lieber mit niemandem sprechen. Ebensowenig wollte sie, daß man ihr überschwenglich berichtete, wie gut es um ihren Besitz stünde. Ginge es nach ihrem Onkel, so würde sie von hier fortgejagt und müßte auf dem Schloß des Herzogs in Lincolnshire leben.

Nachdem sie gehört hatte, daß Mr. Bennett seine Bürotür hinter sich geschlossen hatte, schlüpfte sie vorbei und durch die Tür hinaus, durch die er gekommen war.

Zu den Ställen war es nicht weit. Dort traf sie wie erwartet auf Jenkins, der sich, seit sie sich erinnern konnte, um die Pferde ihres Vaters kümmerte.

Als er sie sah, streckte er ihr lächelnd die Hände entgegen. »Wie geht's Ihnen, Miss Zarina?« fragte er. »Ist lange her, daß Sie eins der Pferde geritten haben.«

»Ich weiß, Jenkins«, antwortete Zarina. »Ich habe es auch schmerzlich vermißt.«

Sie betraten die Stallungen und gingen von Box zu Box. Die Pferde waren in tadellosem Zustand. Es gab einfach keinen besseren Stallmeister als Jenkins.

Schließlich bat Zarina ihn: »Sattle mir bitte ›Eisvogel‹, ich möchte meinen Liebling reiten.«

»Hab' mir gedacht, daß Sie das sagen, Miss Zarina«, rief Jenkins zufrieden.

Er holte Zaumzeug und Sattelgurt für »Eisvogel« und sagte, während er alles anlegte: »Sie sollten heute nicht zur Abtei reiten, Miss Zarina.«

»Warum nicht?« fragte Zarina unternehmungslustig. Bevor Jenkins antwortete, zurrte er Zaumzeug und Sattel fest. »Da wird heute die Auktion sein.«

»Eine Auktion?« wunderte sich Zarina. »Welche Auktion? Wovon redest du überhaupt?«

Jenkins schaute sie überrascht an. »Wollen Sie damit sagen, Sie hätten nicht gehört, was passiert ist, Miss?«

»Mir ist nichts zu Ohren gekommen, und Mr. Bennett hat in seinen Briefen die Abtei kaum erwähnt.« Während sie sprach, überlegte sie, daß Mr. Bennetts Briefe ausschließlich von ihrem Besitz, dem Haus und dem Dorf handelten. Die Abtei, die dem Grafen von Linwood gehörte, lag zwei Meilen entfernt. Sein Grund grenzte an den ihres Vaters.

»Ist 'ne traurige Geschichte«, sagte Jenkins. »Wenn er wüßte, was passiert, Seine alte Lordschaft würde sich im Grab rumdrehen, das würde er!«

»Was geschieht denn nun?« wollte Zarina ungeduldig wissen.

»Nun, Seine Lordschaft war bei schlechter Gesundheit«, begann Jenkins. »Und Master Darcy, wie wir ihn alle genannt haben, hat in London Schwierigkeiten bekommen.«

Natürlich erinnerte sich Zarina sofort an den älteren der beiden Söhne. Schon als sie noch ein kleines Mädchen gewesen war, hatten ihn die alten Leute des Anwesens immer »Master Darcy« genannt, so wie sie seinen jüngeren Bruder »Master Rolfe« gerufen hatten.

»Was ist mit Master Darcy?« fragte sie nun.

»Wir wußten alle, daß er irgendwie in der Klemme steckte«, erzählte Jenkins. »Und wenn er nach Hause kam, gab's immer laute Worte zwischen ihm und Seiner Lordschaft.«

Zarina verstand. Darcy hatte außergewöhnlich gut

ausgesehen. Als er noch ein Teenager war, hatte sie die Kinderfrau und ihre Gouvernante oft über seine Extravaganzen und Liebesaffären sprechen hören.

»Zum Schlimmsten kam's vor etwa zwei Monaten«, berichtete Jenkins weiter. »Keiner weiß genau, was passiert ist, aber man hat gemunkelt, daß jemand damit drohte, Master Darcy ins Gefängnis zu bringen.«

»Ins Gefängnis?« rief Zarina. »Wer hätte das tun sollen?«

»Ich glaube ja, sie hätten«, erwiderte Jenkins nachdenklich. »Wenn er nicht, wie's die Zeitungen nennen, einen Unfall mit seinem Gewehr gehabt hätte.«

Zarina starrte ihn entsetzt an. Dann fragte sie leise: »Du meinst, Master Darcy hat sich erschossen?«

Jenkins nickte. »Alle glauben, er hat's getan, und es hat Seine Lordschaft umgebracht. Er hatte einen Herzanfall, als er die schlechte Nachricht erhielt, und hat sich nie davon erholt. Der Doktor konnte nichts für ihn tun.«

»Wie grauenhaft! Ich hatte keine Ahnung davon.«

»Stand in der Zeitung«, sagte Jenkins.

Zarina hatte ein schlechtes Gewissen. Während sie mit amüsanten Einladungen beschäftigt gewesen war, hatte sie weder die *Times* noch die *Morning Post* besonders sorgfältig gelesen, obwohl sie im Arbeitszimmer ihres Onkels lagen. Der General hatte zweifelsohne von den schrecklichen Vorfällen gewußt und sie ihr verschwiegen. Wahrscheinlich hatte er angenommen, es würde sie aus der Fassung bringen, daß einer der ältesten Freunde ihres Vaters gestorben war.

Nachdenklich fragte sie: »Die Versteigerung findet heute statt?«

»Master Rolfe ist aus dem Orient zurück, wo er war, als Seine Lordschaft gestorben ist. Ich habe munkeln hören, daß er alles verkaufen muß, um Master Darcys Schulden begleichen zu können, sogar die Abtei.«

»Ich kann das nicht glauben!« rief Zarina. »Wie kann er die Abtei verkaufen? Sie ist seit Jahrhunderten im Besitz der Familie.«

»Stimmt.« Jenkins nickte. »Und wir fragen uns natürlich alle, wer den Besitz kaufen wird und was mit denen passiert, die im Haus und auf dem Land gearbeitet haben, und ob man sie wegschickt.«

Zarina wußte nur zu genau, was dies für eine Katastrophe sein würde. Die meisten, die auf dem Linwood-Anwesen arbeiteten, waren in die Fußstapfen ihrer Väter, Großväter und Urgroßväter getreten.

Die Abtei selbst war eines der schönsten Gebäude, die sie jemals gesehen hatte. Sie war zur Zeit der Auflösung der Klöster in den Besitz des ersten Grafen von Linwood gelangt. Heinrich VIII. hatte sie ihm geschenkt.

»Wie kann Master Rolfe nur so gefühllos sein, das alles aufzugeben?« fragte Zarina kopfschüttelnd.

»Die Nachricht hat wie eine Bombe eingeschlagen«, meinte Jenkins. »Und ich wollte Sie nicht damit beunruhigen, wo Sie doch den ersten Tag hier sind, Miss Zarina.« Er hielt einen Augenblick inne und setzte dann hinzu: »Aber weil der Verkauf um zwei anfängt, sind jetzt bestimmt viele Leute dort, die sehen wollen, wer die Möbel und die Bilder kauft. Was sie natürlich am meisten interessiert, ist, wer die Abtei kaufen wird.«

Zarina gab keine Antwort. Sie dachte daran, wie tragisch das alles war und wie ungehalten ihre Eltern gewesen sein würden. Wären sie noch am Leben, so hätten sie gewiß versucht, dem Grafen zu helfen.

Sie war sicher, daß sie auch Rolfe geholfen hätten. Er war gezwungen, sich von seinem Zuhause und allem, was er geliebt hatte, seit er ein kleiner Junge war, zu trennen.

Zarina konnte sich noch gut an das erste Kinderfest erinnern, zu dem man sie in die Abtei mitgenommen hatte. Sie war damals noch sehr klein gewesen, und ihre Kinderfrau hatte sie herumgetragen. Die beiden Jungen hatten mit gleichaltrigen Kindern im Garten gespielt und Kuchen gegessen. Später, als sie älter war, hänselten sie sie zwar immer, hoben sie jedoch an Weihnachten stets mit ihren Armen hoch, damit sie sich eines der besten Geschenke vom Weihnachtsbaum angeln konnte.

Die Abtei hatte Zarina immer fasziniert. Es gab dort einen riesigen Bankett-Saal, in dem die Mönche an langen Speisetischen gesessen hatten, und eine außerordentlich schöne Kapelle. Die Räume, die die Gräfin ausgestattet hatte, erschienen ihr auf unbestimmte Weise voller Magie.

»Ich sage noch gestern zu meiner Frau«, meinte

Jenkins, während er den Sattelgurt unter »Eisvogel« überprüfte, »daß der Colonel sicher furchtbar ärgerlich wäre, wenn er wüßte, was hier vor sich geht.«

»Ich bin mir sicher, Papa würde versucht haben, Master Rolfe zu helfen«, murmelte Zarina.

In diesem Moment wurde ihr klar, was sie würde tun müssen. Selbstverständlich konnte sie helfen — wer konnte es sich eher leisten als sie. Eine Idee schoß ihr wie ein Blitz durch den Kopf.

Jenkins hatte »Eisvogel« gesattelt. Er wollte ihn gerade aus seiner Box führen, als Zarina bat: »Warte eine Minute! Sattle ein Pferd für Mr. Bennett. Ich gehe nur rasch ins Haus zurück und spreche mit ihm.«

Sie wartete nicht erst auf Jenkins Antwort, sondern lief über den kopfsteingepflasterten Hof und durch den Seiteneingang zurück ins Haus. Sie öffnete die Tür zum Büro des Sekretärs und fand ihn an seinem Schreibtisch sitzend.

Er erhob sich, sobald er sie bemerkt hatte, und streckte ihr lächelnd seine Hand entgegen.

»Willkommen daheim, Miss Zarina!« sagte er. »Sie sind viel zu lange fort gewesen.«

»Genau das denke ich auch«, stimmte Zarina ihm zu. »Nun, Mr. Bennett, bevor wir viele Worte verlieren, möchte ich, daß Sie mit mir zur Abtei reiten.«

»Die Abtei!« rief Mr. Bennett. »Es tut mir leid, daß Sie es sofort bei ihrer Ankunft erfahren haben.«

»Jenkins hat mir erzählt, was geschehen ist«, erwiderte Zarina. Sie blickte verstohlen über ihre Schulter. »Ich möchte, daß Sie sofort mit mir kommen!« bat sie mit leiser Stimme. »Und nehmen Sie Ihre Scheckbücher mit.«

»Aber, Miss Zarina . . .«, begann Mr. Bennett.

Zarina winkte ab. »Sie müssen sofort mitkommen«, wiederholte sie. »Wir werden unterwegs über alles reden.«

Sie hielt es für unumgänglich, sofort aufzubrechen. Wenn ihr Onkel, ein Frühaufsteher, beschlossen hatte, sich hinunterzubegeben, könnte er sie womöglich fragen, wohin sie ginge. Dann würde er, davon war sie überzeugt, versuchen, sie von einem Besuch der Abtei abzuhalten.

Wenn sie es jetzt recht überlegte, so war sie sich eigentlich sicher, daß er gewußt hatte, was dem Grafen und Darcy zugestoßen war. Er hatte die Nachricht absichtlich vor ihr verheimlicht, weil er nicht wollte, daß sie durch die Ereignisse daheim beunruhigt würde, während sie in London ein solch gesellschaftlicher Erfolg war.

Es war falsch von ihm, mir nichts zu sagen, dachte sie und war entschlossen, nicht zuzulassen, daß er sich einmischte.

»Kommen Sie schnell!« sagte sie also. »Und, wie ich schon sagte, bringen Sie meine Scheckbücher mit!«

Auf die Empfehlung des Generals hin hatte sie Mr. Bennett eine das Haus und das Anwesen betreffende Vollmacht ausgestellt. Obgleich sie ja noch nicht volljährig war, konnte sie frei über ihr Geld verfügen.

»Ich möchte, daß du deinen Spaß hast, meine

Liebe«, hatte er zu Zarina gesagt. »Es wäre sehr lästig, ständig Steuerschecks unterschreiben zu müssen oder bei Reparaturen zu Rate gezogen zu werden. Du kannst Bennett vertrauen.«

»Das weiß ich«, hatte Zarina geantwortet. »Papa war in jeder Hinsicht von ihm angetan.«

Aus diesem Grund war sie dem Ratschlag ihres Onkels gefolgt und hatte die Coutts Bank schriftlich dazu aufgefordert, jeden Scheck einzulösen, den William Bennett unterzeichnen würde. Bis heute hatte sie nie mehr daran gedacht.

Jetzt bemerkte sie, daß ihre Bitte Mr. Bennett sehr überraschte. Trotzdem gehorchte er ihr ohne Widerspruch. Während er noch das Scheckbuch aus einer Schublade seines Schreibtisches nahm, verließ Zarina bereits den Raum.

Als sie den Hof der Stallungen erreichte, wartete Jenkins mit zwei Pferden auf sie. »Eisvogel« stand neben dem Aufsitzblock für sie bereit.

Mr. Bennett war den Weg von seinem Haus, das sich am anderen Ende der Ländereien befand, zu seinem Büro geritten. Deshalb trug er Reitstiefel. Als er zu Zarina stieß, hielt er seine Reitpeitsche in der Hand.

Ohne ein Wort ritt sie quer über den Hof, hinter dem die Pferdekoppel lag. Dann kam ein Stück Flachland, über das sie immer mit ihrem Vater galoppiert war. Mr. Bennett holte sie ein, als sie die Koppel erreicht hatte. Voller Befriedigung dachte Zarina, daß sie dem General wenigstens für eine Weile entflohen war.

Weil sie eine möglichst große Entfernung zwischen sich und ihren Onkel bringen wollte, ritt sie weiterhin schnell. Sie bog in eines der Wäldchen ein, die die beiden Anwesen voneinander trennten. Eine breite Schneise führte mitten hindurch.

Nachdem ihre Pferde langsamer geworden waren, wandte sich Zarina an Mr. Bennett: »Ich habe eine Idee, was ich tun werde, wenn wir bei der Abtei angekommen sind, aber ich möchte sie nicht mit Ihnen besprechen, bevor ich nicht mit Mr. Rolfe gesprochen habe. Ich sollte wohl besser Seine Lordschaft sagen.«

»Ich verstehe«, gab Mr. Bennett zur Antwort. »Gleichwohl, wenn Sie mir meinen Einwand verzeihen wollen, sollten Sie, bevor Sie etwas Unüberlegtes tun, Ihren Onkel um Rat fragen.«

»Das genau habe ich nicht vor!« sagte Zarina mit fester Stimme. »Ich bin jetzt erwachsen und möchte selbst über mein Leben entscheiden, besonders wenn es um mein eigenes Glück geht.«

Mr. Bennett warf ihr einen kurzen Blick zu, und sie wußte, daß er neugierig war. Sie hatte allerdings nicht vor, mehr zu verraten, und ritt weiter, so schnell sie konnte.

Sie brauchten nur wenig mehr als eine halbe Stunde, um in Sichtweite der Abtei zu kommen. Die Mönche hatten seinerzeit einen idealen Platz ausgesucht, um sie zu erbauen. Das leicht ansteigende Land schloß mit einem Wald ab, der das Gebäude vor Winterstürmen schützte. Es hob sich schimmernd wie ein Juwel mit seinen weißen Mauern von dem grünen Hintergrund ab. An seiner Vorderseite floß ein Bach entlang, in dem die Mönche einst gefischt hatten. Dort hatten Darcy und Rolfe kleine Boote gerudert und waren im Sommer schwimmen gegangen.

»Wie kann er es nur ertragen, sich von etwas so Vollkommenem zu trennen?« fragte Zarina sich.

Jetzt, da sie ein wenig näher kamen, sahen sie, daß bereits etliche Kutschen im Hof vor dem Haus geparkt standen. Viele Menschen liefen die lange Auffahrt hinauf.

Zarina ritt direkt zum Haupteingang. Sie saß ab und sagte zu Mr. Bennett: »Bringen Sie die Pferde doch zum Stall. Wir treffen uns dann im Großen Saal.«

»Sehr wohl, Miss Zarina«, antwortete Mr. Bennett.

Aus seinem Gesichtsausdruck und der Art, wie er sprach, schloß sie, daß er sich Sorgen um das machte, was sie im Begriff stand zu tun. Er fragte sich wohl, ob er in große Schwierigkeiten kommen würde, weil er es zugelassen hatte. Doch Zarina wollte sich jetzt nicht mit Mr. Bennetts Gefühlen beschäftigen. Sie dachte an sich selbst und an die Qualen, die sie die ganze Nacht über ausgestanden hatte.

Sie ging die Stufen hinauf und betrat das Haus und den Großen Saal, in dem die Mönche, die niemals jemanden abwiesen, den Reisenden einst einen herzlichen Empfang bereitet hatten.

Jetzt war er voller Männer, die Gemälde und Teile der Einrichtung schleppten, die sie hinter dem Pult eines Auktionators abstellten. Daneben befanden sich ein Tisch und ein Stuhl. Zarina wußte, daß diese vom Gehilfen des Auktionators benutzt würden, der sich die Gebote und die Namen der Käufer notierte.

Niemand nahm Notiz von ihr, als sie auf die Tür zuging, die in das Prunkzimmer führte. Neben der Tür stand ein Bediensteter, in dem sie den langjährigen Butler der Abtei erkannte.

»Guten Morgen, Yates!« sagte sie.

Er schrak auf, als er ihre Stimme hörte, und lächelte dann. »Ich wußte nicht, daß Sie wieder zu Hause sind, Miss Zarina.«

»Ich bin erst gestern abend aus London zurückgekommen«, antwortete Zarina freundlich. »Wo ist Seine Lordschaft?«

»Ich glaube, er ist in der Bibliothek, Miss«, erwiderte Yates. »Ist ein trauriger Tag — ein furchtbar trauriger Tag für uns alle!«

»Ich muß mit Seiner Lordschaft sprechen«, sagte Zarina.

Yates in seinem Unglück machte keinerlei Anstalten, sie zu begleiten. Aber sie kannte den Weg. Als sie die Bibliothek erreichte, stand die Tür offen. Zarina blieb an der Schwelle zu dem großen fensterlosen Raum stehen.

Rolfe, nun zehnter Graf von Linwood, stand mitten im Zimmer und betrachtete die kostbaren Bände, die die Wände bedeckten, mit einer Miene, die Zarina Verzweiflung verriet.

Als sie auf ihn zuging und er ihre Schritte hörte,

drehte er sich um und gab einen Ruf des Erstaunens von sich.

»Zarina! Ich dachte, du seist in London!«

»Ich bin gestern nach Hause gekommen«, entgegnete Zarina. »Und ich muß dich sprechen.«

Einen Augenblick lang dachte sie, er würde ablehnen. Dann meinte er: »Es gibt wirklich nichts zu sagen, aber komm mit ins Arbeitszimmer. Ich glaube, dort drinnen sind sie fertig.«

Das Arbeitszimmer lag nebenan, und Zarina ging voraus.

Sie öffnete die Tür und wußte sofort, was Rolfe gemeint hatte, als er sagte, sie seien fertig. Man hatte sämtliche Gemälde, alles außergewöhnlich schöne Zeugnisse mittelalterlicher Kunst, von den Wänden abgenommen. Auch die wertvollen Figuren waren vom Kaminsims verschwunden. Nicht anders war es dem hübschen Schreibtisch aus der Regency-Zeit ergangen, den der alte Graf immer benutzt hatte.

Alles, was man übriggelassen hatte, waren die Ledersessel und Sofas. Sie waren mit einem Etikett versehen und sollten versteigert werden, ohne überhaupt erst im Großen Saal gezeigt zu werden.

Rolfe schloß die Tür hinter sich. Dann sagte er: »Ich freue mich, dich zu sehen, aber ich will weder Mitleid noch Erbarmen von dir. Es gibt nichts, was ich an dieser Situation ändern könnte.«

Seine Stimme klang verbittert, und Zarina las in seinem Gesicht, wie sehr er litt.

»Ich bin nicht hierhergekommen, um dich zu bemit!leiden. Ich bin hier, um dir einen Vorschlag zu machen, der dir hilft und . . .«

Sie wollte gerade »mir« sagen, als Rolfe sie voller Zorn unterbrach. »Was immer du auch vorschlagen möchtest, ich will es nicht hören! Ich will keine Almosen, weder von dir noch von irgend jemandem sonst!«

»Wenn du mich ausreden ließest«, entgegnete Zarina ruhig, »würdest du einsehen, daß ich dir keine Almosen anbiete. Was ich von dir möchte, ist die Einwilligung in unsere Verlobung . . .«

Wieder fiel Rolfe ihr ins Wort.

»Ich verstehe wirklich nicht, was du meinst!« rief er. »Aber meine Antwort lautet nein! Ich bin vielleicht tief gesunken, aber noch nehme ich von einer Frau kein Geld!«

Zarina ging auf ihn zu und meinte leise: »Wenn du doch aufhören würdest, mich anzuschreien. Verstehst du denn nicht, daß ich . . . *dich* anflehe . . . mir zu helfen?«

»Dir zu helfen?« fragte Rolfe irritiert. »Wie in aller Welt könnte ich das?«

»Wie ich bereits sagte: Indem du deine Einwilligung zu unserer Verlobung gibst.«

»Du mußt verrückt geworden sein!« erwiderte Rolf.

»Ich habe ‚Verlobung‘ gesagt«, erklärte Zarina. »Denn das wäre auch schon alles. Als mein Verlobter bewahrst du mich davor, von meinem Onkel zu einer Heirat mit einem Mann gezwungen zu werden, den ich verabscheue und der mich ganz und gar unglücklich machen wird. Im Gegenzug werde ich Darcys gesamte Schulden begleichen.«

Rolfe starrte sie an und fragte dann: »Was bedeutet das alles? Vielleicht bin ich schwer von Begriff, aber ich kann mir einfach keinen Reim auf das machen, was du sagst.«

»Dann mußt du ausgesprochen dumm sein«, gab Zarina lächelnd zurück. »Es ist wirklich ganz einfach — mein Onkel, und du weißt, wie er ist, möchte mich mit dem Herzog von Malnesbury verheiraten.«

»Was selbstverständlich eine überaus vernünftige Idee ist«, meinte Rolfe. »Ein Herzog bleibt immer ein Herzog, und die meisten Frauen würden ihr Augenlicht dafür geben, Herzogin zu werden.«

»Dann bin ich eine Ausnahme!« versetzte Zarina heftig. In verändertem Tonfall fügte sie leise hinzu: »Versuch doch, mich zu verstehen, Rolfe. Du weißt, wie glücklich Mama und Papa miteinander waren und wie sehr sie einander liebten. Glaubst du wirklich, ich möchte eine andere Ehe als die mit einem Mann, den ich liebe und der mich wiederliebt?«

»Die du natürlich am Ende auch finden wirst«, erwiderte Rolfe.

»Onkel Alexander kündigte mir letzte Nacht an, er würde mich auch zum Altar schleppen, wenn ich nicht in diese Ehe einwilligte, oder er würde mir . . . Gehorsam . . . einprügeln.«

»Glaubst du wirklich, er würde das tun?« zweifelte Rolfe.

»Ich bin mir sicher«, antwortete Zarina. »Er hält es nicht nur für das Beste für mich selbst, sondern auch für die Familie. Und wenn du dich daran erinnerst, wie Tante Edith ist, dann wüßtest du, daß es ihre Vorstellung vom Paradies ist, aus mir eine traditionelle Kammerfrau der Königin zu machen.«

Rolfe konnte nicht anders, er ließ ein kurzes Lachen hören. »Das ist eine traurige Geschichte, Zarina«, sagte er. »Auf der anderen Seite möchte ich nicht daran beteiligt sein.«

»Verstehst du nicht? Wenn Papa noch am Leben wäre, würde er versuchen, dir zu helfen. Er würde Onkel Alexander auch nicht erlauben, mich in dieser erniedrigenden Weise zu schikanieren. Ich habe niemanden, der mir hilft.«

»Ich eigne mich nicht dazu«, erklärte Rolfe.

»Wie kannst du nur so gemein sein? Wie kannst du nur so grausam sein, obwohl du weißt, daß wir uns seit Kindertagen kennen und die Abtei in meinem Leben immer etwas besonders Kostbares war?«

Rolfe ging zum Fenster hinüber, als würden ihn ihre Worte irritieren. Er stand da und schaute in den Garten hinaus.

»Was ist so falsch daran«, fuhr Zarina fort, »dich um Hilfe zu bitten, wenn ich verzweifelt bin — vollkommen verzweifelt? Ich kann dir dadurch helfen, daß ich Darcys Schulden bezahle und all die Leute wegschicke, die hier ankommen, um etwas billig zu ersteigern, das schon seit Jahrhunderten zur Abtei gehört.«

»Hast du überhaupt eine Vorstellung davon, wie hoch Darcys Schulden sind?«

»Das spielt keine Rolle«, antwortete Zarina. »Ich

habe so viel Geld von meiner Patentante geerbt, daß ich hundertfünfzig Jahre alt werden müßte, um alles auszugeben.«

»Die Geschichten stimmen also, die ich über dich gehört habe«, murmelte Rolfe. »Alle sprachen von der sagenhaften Erbin, bevor ich England verließ, und auch auf der Heimreise hörte ich, wie die Leute über deinen Reichtum tratschten.«

»Es ist alles wahr«, sagte Zarina. »Aber wenn ich mein Vermögen mit dem Herzog teilen muß, der alt genug ist, um mein Großvater zu sein, werde ich in meinem Testament alles einem Tierheim vermachen und mich dann im Fluß ertränken!«

»Jetzt wirst du aber ein bißchen zu dramatisch«, lächelte Rolfe. »Du weißt sehr gut, daß du so etwas niemals tun würdest! In Wahrheit wirst du es sogar genießen, bei der Eröffnung des Parlaments das größte und glitzerndste Diadem zu tragen.«

»Ich habe dir gesagt — ich werde ihn nicht heiraten!« schluchzte sie. »Oh, bitte, Rolfe, hilf mir! Ich habe Angst vor Onkel Alexander. Ich kann nichts dagegen tun! So oder so wird er mich vor den Altar zerren, und mir bleibt nichts übrig, als . . . auf meinen Tod . . . zu hoffen!«

Rolfes Züge wurden weich, und er sagte leise: »Soll ich mit dem General sprechen? Schließlich hätte er auch Papa zugehört — obwohl ich das nicht beschwören kann.«

»Ich glaube, er würde seine Meinung nicht ändern, selbst wenn alle Erzengel vom Himmel herabkämen und mit ihm sprächen. Er glaubt, am besten zu wissen, was gut für mich ist, und er ist fest entschlossen, mich mit dem Herzog zu verheiraten.« Zarina warf mit einer Geste der Verzweiflung ihre Arme in die Luft.

»Glaubst du denn wirklich, er würde dem Beachtung schenken«, fragte Rolfe, »wenn du ihm sagtest, du seist mit einem Grafen verlobt, der keinen einzigen Penny in der Tasche hat?«

Er sah sie ernst an, bevor er hinzufügte: »Oder kein eigenes Dach über dem Kopf — wenigstens nach dem heutigen Tag?«

»Du wirst die Abtei behalten und alles darin«, sagte Zarina sanft. »Und mir wird es Zeit genug geben, einen Ausweg zu finden.« Rolfe antwortete nicht, und nach einer Weile fügte sie hinzu: »Ich habe die ganze Nacht wach gelegen und überlegt, wie ich weglaufen könnte und wohin ich gehen sollte, aber ich bin mir sicher, es wäre falsch . . . allein fortzugehen.«

»Natürlich wäre es das!« antwortete Rolfe. »Wie in aller Welt könntest du für dich selbst sorgen? Und falls jemand herausbekäme, wer du bist, würde jeder nur erdenkliche Glücksritter nach allem greifen, was er bekommen könnte.«

»Ich bin mir dessen bewußt«, stimmte ihm Zarina zu. »Und deshalb muß ich mit jemandem wie dir fortgehen, bis Onkel Alexander kapituliert und einsieht, daß er nicht einfach einen Ehemann für mich aussuchen kann.«

»Ich werde morgen nach Indien aufbrechen«, sagte Rolfe. »Ich habe nicht die Absicht hierzubleiben, wenn dieses Haus erst einmal leer und verkauft sein wird.«

»Ich werde mit dir kommen!«

Rolfe trat vom Fenster zurück. »Sei doch vernünftig, Zarina«, bat er eindringlich. »Wie könntest du mich ohne Anstandsdame begleiten? Du weißt genausogut wie ich, daß dein Ruf ruiniert wäre.«

»Dann werde ich, anstatt vorzutäuschen, du seist mein Verlobter«, sagte Zarina, »so tun, als sei ich deine Frau. Auf Reisen wird niemand unsere Ehe anzweifeln, und Onkel Alexander müßte hellsehen können, um herauszufinden, wohin wir gegangen sind.« Sie machte eine Pause, als würde sie sich bereits alles im Kopf ausmalen. »Ich werde ihm schreiben, daß ich mit dir nach Frankreich gegangen sei, weil einige deiner Verwandten deine Verlobte kennenlernen wollten.«

Rolfe legte seine Stirn in Falten. »Jetzt hör mir einmal gut zu, Zarina!« sagte er fest. »Ich kann dem nicht zustimmen — selbstverständlich kann ich dem nicht zustimmen! Es hat keinen Zweck, es mir einreden zu wollen.«

»Wie kannst du mir dann helfen?« fragte sie. »Nachdem wir uns nun schon so lange kennen, wirst du mir wohl glauben, daß ich ebensowenig vorhabe, dich zu heiraten, wie du mich.« Sie schwieg einen Augenblick und sah ihn flehentlich an. »Was ich vorschlage, ist eine einfache Geschäftsvereinbarung. Ich werde deine Schulden bezahlen, wenn du mich für ein paar Monate von hier fortzauberst — solange, bis Onkel Alexander die Jagd aufgegeben hat.«

»Du kannst dir dessen nie sicher sein«, wandte Rolfe ein.

»Wenigstens haben wir dann versucht, ihm klarzumachen, daß ich den Herzog nicht heiraten werde«, sagte Zarina. »Und wenn der Herzog glaubt, wir seien verlobt, wird er mich nicht mehr heiraten wollen.«

»Ich vermute, es kommt ganz darauf an, wieviel ihm an dir liegt«, gab Rolfe zu bedenken.

»Er interessiert mich nicht im geringsten!« rief Zarina leidenschaftlich. »Es geht um mich. Hilf mir, o bitte, hilf mir! Wenn ich am Ertrinken wäre, würdest du mir doch auch helfen. Aber das hier ist eindeutig schlimmer.«

Rolfe ging im Arbeitszimmer auf und ab. »In meinen kühnsten Träumen hätte ich mir nicht vorzustellen vermocht, daß du mit einem solchen Vorschlag zu mir kommst.«

»Du wirst doch vernünftig genug sein, um zu erkennen, daß es ein Geschenk Gottes ist«, sagte Zarina. »Ich habe Bennett mitgebracht — und er hat mein Scheckbuch.«

Plötzlich lachte Rolfe und diesmal mit einem Ausdruck echter Belustigung. »Zarina, du bist unverbesserlich!« rief er. »Wie hast du dir nur diesen lächerlichen Plan ausdenken können? Wie dem auch sei, ich sehe ein, du sitzt irgendwie in der Klemme, wenn der General sein Herz daran gehängt hat, dich zur Herzogin zu machen.«

»Selbstverständlich hat er das«, bekräftigte Zarina. »Und obwohl er behauptet, der Herzog würde mich lieben, habe ich größte Zweifel daran, ob er ohne meine amerikanischen Dollars geruhen würde, sein blaues Blut mit meinem zu vermischen.«

»Junge Damen wie du sollten nicht so zynisch sein«, erwiderte Rolfe. »Sie sollten die Welt durch eine rosarote Brille betrachten.«

»Ich will den Herzog überhaupt nicht betrachten!« sagte Zarina ärgerlich.

Rolfe schwieg, und nach einer Weile fragte sie: »Wann willst du morgen aufbrechen, und wann werden wir in See stechen?«

»Ich habe noch nicht gesagt, daß ich dich mitnehme«, gab Rolfe zur Antwort.

»Aber du wirst!« meinte Zarina. »Du kannst mich nicht einfach meinem Schicksal überlassen — und außerdem, wie es Jenkins heute morgen ausdrückte, würde sich dein Vater im Grab herumdrehen, wenn er wüßte, daß du die Abtei verkaufst.«

»Was könnte ich sonst tun?« fragte Rolfe kleinlaut. »Ich kann mir einfach nicht vorstellen, wie Darcy bei so vielen Leuten derart hohe Schulden machen konnte, ohne ihnen letztlich etwas vorweisen zu können.«

»Was hat er gekauft?« fragte Zarina.

»Es war keine Frage des Kaufens«, gab Rolfe zur Antwort. »Er hat ein Vermögen für Frauen ausgegeben, von denen du hoffentlich noch nichts gehört hast. Er schenkte ihnen Schmuck, Pferde, Kutschen, Pelze — alles, was dir nur einfällt.« Er machte eine kleine Pause, um dann fortzufahren: »Seine Feste, die meistens gewalttätig endeten und eine enorme

Menge an Bruch hinterließen, fanden Nacht für Nacht und Woche für Woche statt.«

»Ich nehme an, er hat sich amüsiert«, sagte Zarina.

»Ich kann es nur hoffen«, antwortete Rolfe. »Aber ich muß jetzt die Suppe auslöffeln, die er mir eingebrockt hat. Ich versichere dir, das ist kein Vergnügen!«

»Ich kann deine Gefühle ja verstehen«, gab Zarina zu. »Aber zur gleichen Zeit hat sich das Glück — oder vielleicht dein Schutzengel — eine Lösung ausgedacht, und die Lösung . . . bin ich!«

Rolfe holte tief Luft und sagte: »Laß mich versuchen, mit deinem Onkel zu sprechen.«

»Du mußt sehr von dir überzeugt sein, wenn du glaubst, er würde dir Beachtung schenken. Er ist schon immer ein Menschenschinder gewesen. Er glaubt stets, nur er sei im Recht — die anderen nie!« Sie ließ einen kleinen Seufzer hören. »Seit ich mit ihm zusammenleben muß, empfinde ich Mitleid mit den Soldaten unter seinem Kommando und mit mir selbst.« Sie rang die Hände, während sie weitersprach. »Ich *muß* fliehen, laß uns nicht mehr darüber streiten. Wirst du mich morgen früh abholen? Wann wirst du aufbrechen?«

»Sehr früh«, antwortete Rolfe.

»Ich werde bereit sein! Ich hoffe nur, Onkel Alexander wird schrecklich böse darüber sein, daß ich Darcys Schulden bezahlt habe. Denn so lange wird er kaum Verdacht schöpfen, wir seien tatsächlich weggelaufen.«

»Ich dachte, wir sollten uns erst einmal verloben?« bemerkte Rolfe.

»Ich werde ihm in einem Brief erklären, wie glücklich wir sind«, sagte Zarina.

»Glaubst du wirklich, du kommst damit durch?« fragte Rolfe.

»Als ich dich um unsere Verlobung bat, wußte ich noch nicht, daß du morgen nach Indien aufbrechen würdest. Das sieht doch ganz nach einer gelungenen Flucht aus. Ich werde außerhalb Onkel Alexanders Reichweite sein, besonders wenn er in Frankreich nach mir sucht.« Sie lächelte, bevor sie hinzufügte: »Es wird ein Weilchen dauern, bis er herausbekommt, daß wir nach Indien gefahren sind.«

»Siebzehn Tage, eher neunzehn, weil ich nach Kalkutta fahren werde.«

»Ich nehme an, es wird heiß sein«, murmelte Zarina nachdenklich. »Ich werde meine Sommerkleider brauchen.«

Es entstand eine Pause. Dann meinte Rolfe mit harter Stimme: »Wenn du mich begleitest — laß es mich von Anfang an klarstellen —, werde ich dein Geld nicht anrühren.« Er sah sie finster an. »Ich reise auf einem Frachtschiff, das unbequem und schmutzig ist. Wenn du als meine Frau mitkommst, wirst du dich auch wie meine Frau verhalten und mein Geld ausgeben — nicht deines!« Nach einer Pause fügte er hinzu: »Du kannst mitkommen, bis du einen besseren und bequemeren Weg gefunden hast.«

»Ich werde dich begleiten«, sagte Zarina. »Wenn

du wegen meines Geldes streiten möchtest, kann ich dich nicht davon abhalten. Aber ich halte es für dumm und ein Zeichen schlechten Geschmacks.«

»Ich habe immer noch meinen Stolz!« erklärte Rolfe. »Wenn ich mich von einer Frau aushalten lassen müßte, würde ich mich lieber von Bord stürzen!«

»Wer von uns beiden ist denn jetzt dramatisch?« fragte Zarina.

Rolfe machte ein betretenes Gesicht. »Du hast recht«, meinte er leise. »Aber ist dir eigentlich klar, daß mich nicht nur dein Onkel für den größten Mitgiftjäger aller Zeiten halten wird, sondern auch alle meine Freunde — und Feinde!«

»Sie werden ihre Meinung ändern«, bemerkte Zarina sanft, »wenn wir die Auflösung unserer Verlobung bekanntgeben werden und in die *Times* setzen, daß unsere Hochzeit nicht stattfinden wird.« Sie erhob sich von dem Sofa, auf dem sie die ganze Zeit über gesessen hatte. »Nun, ich denke, du solltest jetzt besser mit Bennett sprechen und dir überlegen, wie du all diese Leute wegschicken und natürlich ihre Rechnungen bezahlen kannst.«

Sie schaute zu Rolfe auf, als sie sprach, und für einen Moment sahen sie sich einfach nur an.

Dann sagte er leise: »Eins schwöre ich dir, Zarina, irgendwie, Gott weiß wie, werde ich dir alles zurückzahlen — jeden Penny, den du heute auf mich und die Abtei verwendest.« Er machte eine knappe Handbewegung. »Wahrscheinlich wird es furchtbar lange dauern — aber ich werde es schaffen!«

»Ausgezeichnet!« antwortete Zarina. »Und ich werde dir ewig dafür dankbar sein, daß du mich vor dem Herzog gerettet hast. Du kannst dich als ‚weißer Ritter' fühlen, der den Drachen getötet hat, und selbstverständlich suchten sich weiße Ritter immer schon unlösbare Aufgaben.«

»Mir ist es ernst«, sagte Rolfe.

Sie lächelte ihn an, und er bemerkte, daß sie auf beiden Seiten ihres Mundes ein Grübchen hatte.

»Natürlich.« Sie nickte. »Und wie alle ernsthaften Menschen bist du entsetzlich langweilig. Ich hoffe nur, du wirst bei unserer Fahrt über das Rote Meer etwas amüsanter sein.«

Noch während sie sprach, ging sie auf die Tür zu.

Rolfe kam ihr nach und murmelte: »Wie ich sehe, hat der General einigen gesunden Menschenverstand gezeigt, als er davon sprach, daß man dir ein wenig Gehorsam einprügeln sollte. Als Kind hat man das offensichtlich versäumt!«

3

Als sie das Arbeitszimmer verließen, drängten sich bereits viele Menschen in der Halle, obwohl die Versteigerung nicht vor zwei Uhr beginnen sollte. Einige Männer untersuchten die Gemälde. Sie begutachteten eins nach dem anderen. Zwei ältere Männer stritten sich um die Datierung eines Möbelstückes und beschwerten sich darüber, daß es im Katalog falsch ausgezeichnet sei.

Zarina entdeckte Mr. Bennett am Ende der Halle und ging auf ihn zu. Dabei sagte sie zu Rolfe: »Du solltest mitkommen und mit Mr. Bennett sprechen. Er wird die Rechnungen bezahlen und alles regeln.«

Sie erreichten den Sekretär, und Rolfe streckte ihm die Hand entgegen. »Wie geht es Ihnen, Mr. Bennett?« fragte er. »Es ist lange her, daß wir uns das letzte Mal gesehen haben.«

»Schön, Sie wiederzusehen, Eure Lordschaft«, erwiderte Mr. Bennett. »Ich hoffe, Sie hatten eine schöne Zeit in Übersee.«

»Es war überaus interessant«, entgegnete Rolfe.

»Wir sollten lieber in eins der Zimmer gehen«, meinte Zarina.

Rolfe willigte ein, und sie ging voraus zu einem Raum, der hinter dem Großen Saal lag. Er war groß, komfortabel und mit geschnitzter Eiche getäfelt. Die Fenster gingen auf einen Hof hinaus. Hier lag der eigentliche Mittelpunkt des Hauses, nicht auf dessen Vorderseite. Ein rascher Blick zeigte Zarina, daß der Hof voller Unkraut war. Die Statue in der Mitte, die noch aus der alten Abtei stammte, hätte wieder einmal gesäubert werden müssen.

»Ich schlage vor, Sie setzen sich, und ich erkläre Ihnen, was zu tun ist«, sagte Zarina zu Mr. Bennett, während Rolfe die Tür schloß. Der Sekretär sah sie besorgt an, tat aber wie geheißen.

Auch sie setzte sich auf einen der Stühle, die nicht in den Großen Saal gebracht worden waren.

»Ich habe Seiner Lordschaft mitgeteilt«, begann sie leise, »daß wir Mr. Darcys gesamte Rechnungen begleichen werden. Die Auktion wird abgesagt —, und die Leute, die nach einem Gelegenheitskauf Ausschau gehalten haben, müssen unverrichteter Dinge nach Hause gehen.« Sie machte eine kleine Pause, bevor sie weitersprach. »Ebensowenig steht die Abtei zum Verkauf. Ich möchte, daß Sie dafür sorgen, daß alles wieder an seinen Platz gebracht wird und daß der Dienerschaft und allen Arbeitern auf dem Anwesen die ausstehenden Löhne ausgezahlt werden.«

Sie warf Rolfe einen raschen Blick zu. Sein Mund hatte sich zu einer dünnen Linie geformt, sein Kinn war noch kantiger geworden. Zarina wußte, daß ihn das, was er hörte, verärgerte. Ihm war jedoch klar, daß er hilflos war und nichts an der Situation ändern konnte.

»Was ich Ihnen nun sage«, fuhr Zarina fort, »ist äußerst vertraulich, und Sie müssen mir auf Ihre Ehre versprechen, daß Sie es vor niemandem wiederholen werden, insbesondere nicht vor meinem Onkel.«

»Ich muß Ihnen sagen, Miss Zarina«, gab Mr. Bennett zu bedenken, »daß es dem General überaus mißfallen wird, was Sie tun.«

»Dessen bin ich mir sehr wohl bewußt«, antwortete Zarina. »Aber der General hat Pläne mit mir, die ich, wie ich ihm bereits sagte, nicht hinnehmen werde.« Sie überlegte einen Moment, ob sie Mr. Bennett die ganze Wahrheit erzählen sollte, dachte aber dann, daß es ein Fehler sein würde. »Was ich Ihnen anvertraue«, fuhr sie schließlich fort, »ist, daß Seine Lordschaft und ich verlobt sind.«

Mr. Bennett sah sehr überrascht aus, aber es gelang ihm, herzlich zu sagen: »Wenn das so ist, wünsche ich Ihnen selbstverständlich alles Glück der Welt, Miss Zarina, und meine Gratulation, Eure Lordschaft. Ich weiß, es hätte ihren Eltern sehr gefallen.«

»Das denke ich auch«, pflichtete ihm Zarina bei. »Aber ich weiß, daß es dem General mißfallen wird. Das ist der Grund, warum Seine Lordschaft und ich fortgehen.«

»Fortgehen?« fragte Mr. Bennett. »Wann denn?«

»Morgen«, antwortete Zarina. »Und ich fürchte, Sie werden den größten Teil des Zornes meines Onkels ertragen müssen. Aber Sie müssen ihn davon überzeugen, daß Sie von nichts wissen und ihm deshalb nicht sagen können, wohin wir gegangen sind.«

»Haben Sie die Absicht, dem General mitzuteilen, daß Sie von hier fortgehen?«

»Ich werde ihm einen Brief schreiben, den er aber erst lesen wird, wenn wir schon fort sind«, erwiderte Zarina. »Andernfalls würde er mir vielleicht eine Szene machen und mich mit Gewalt daran hindern, das Land zu verlassen.«

Mr. Bennett rieb sich nachdenklich die Stirn. »Sie bringen mich in eine schwierige Situation, Miss Zarina«, gab er zu bedenken.

»Das sehe ich nicht so, Mr. Bennett«, entgegnete Zarina. »Betrachten wir einmal die nackten Tatsachen: Ich gebe Ihnen Arbeit und bezahle Ihren Lohn. Sie versorgen mein Haus und meinen Besitz und folgen meinen Anweisungen.«

»Das stimmt selbstverständlich«, pflichtete Mr. Bennett ihr bei.

»Aus diesem Grund hat mein Onkel keinerlei Verfügungsgewalt über Sie und nicht das Recht, Ihnen etwas anderes vorzuwerfen, als daß Sie meine Anweisungen befolgt haben.« Es entstand eine kleine Pause, in der sie Rolfe abermals einen raschen Blick zuwarf, bevor sie hinzufügte: »Worum ich Sie bitte, ist, dieses Anwesen ebenso gut wie meines zu verwalten, sobald wir gegangen sind.« Sie sah, wie überrascht Mr. Bennett war, und fuhr fort: »Wir haben vollstes Vertrauen zu Ihnen und zu allen Veränderungen, die Sie vornehmen. Ich gehe davon aus, daß Sie die Abtei so in Schuß halten werden wie mein eigenes Haus.«

Lächelnd setzte sie hinzu: »Ich möchte, daß es hier genauso aussieht wie in meiner Kindheit, als ich es für das schönste Gebäude weit und breit hielt.«

Sie hatte den Eindruck, Rolfe hätte sie gerne unterbrochen, um zu betonen, daß er ihr Geld nicht annehmen wollte, soweit es sein Zuhause betraf.

Bevor er jedoch etwas einwenden konnte, sagte sie schnell, ohne den Blick von Mr. Bennett zu wenden: »Seine Lordschaft und ich sind uns bewußt, daß die Dienerschaft, die nun schon so lange hier ist, äußerst beunruhigt über ihre weitere Zukunft ist. Selbstverständlich wird Seine Lordschaft sie bis zu unserer Abfahrt zu beruhigen suchen. Aber es liegt an Ihnen, sich darum zu kümmern, daß alle gut versorgt sind und die nötige Unterstützung dabei erhalten, die Abtei so zu pflegen, wie wir es wünschen.«

»Ich werde mein Bestes tun, Miss Zarina«, versprach Mr. Bennett. »Aber Sie können sich denken, daß es Probleme geben wird.«

»Nur was meinen Onkel angeht«, sagte Zarina. »Und jetzt, da ich mit Seiner Lordschaft verlobt bin, hat er keine Macht mehr über mich.« Mr. Bennett schaute sie zweifelnd an, doch sie fuhr fort: »Wie dem auch sei, ich habe nicht vor, ihm unsere Adresse zu hinterlassen, also wird er sich auch nicht in unsere Verlobung einmischen können.«

»Ich glaube, Miss Zarina, Sie sollten mir ihre Adresse geben — nur für den Fall, daß etwas geschieht, mit dem ich ohne ihre Anweisungen nicht zurechtkommen kann.«

Zarina schaute Rolfe an. »Ich halte das für eine vernünftige Idee«, meinte sie zögernd.

Nach langem Schweigen mischte sich der Graf in die Unterhaltung ein. »Ich bin mir aber nicht sicher, wo genau in Indien wir uns aufhalten werden.«

»In Indien!« rief Mr. Bennett. »Wenn Sie dorthin zurückkehren, Eure Lordschaft, dann sollte ich unter allen Umständen in der Lage sein, Sie in einem Notfall zu erreichen!«

»Gut«, stimmte Rolfe zu. »Ich kann aber nicht genau sagen, wo Miss Zarina und ich sein werden. Sie sollten deshalb an das Haus des Vizekönigs in Kalkutta schreiben. Ich werde dafür Sorge tragen, daß die Briefe an uns weitergeleitet werden.«

»Ich danke Ihnen«, sagte Mr. Bennett. »Vielen Dank, Eure Lordschaft, ich werde mein Bestes tun, Sie nicht zu belästigen.«

»Nun, da diese Angelegenheit geklärt ist«, meinte Zarina, »schlage ich vor, daß wir eine Kleinigkeit zu uns nehmen. Ich hatte kein Frühstück und bin sehr hungrig.«

»Ich gehe und kümmere mich darum«, erwiderte Mr. Bennett. »Vielleicht wäre es besser, Sie würden gleich hier etwas essen.«

»Ja, natürlich«, stimmte Zarina zu.

Nachdem Mr. Bennett den Raum verlassen hatte, stellte Rolfe fest: »Du warst nicht gerade zimperlich bei der Übernahme!«

»Ich wußte, du würdest es mir übelnehmen«, erwiderte Zarina. »Aber es wäre ein Fehler, diesen Ort völlig zugrunde gehen zu lassen. Du kannst jetzt schon das Unkraut im Hof sehen, und die Statue, die immer so eindrucksvoll aussah, ist lange nicht mehr gesäubert worden.«

»Ich nehme an, daß einige der jüngeren Bediensteten weggingen, bevor ich kam«, sagte Rolfe. »Es war kein Geld mehr da, um sie zu bezahlen, als mein Vater starb. Obwohl ich sofort vom Norden Indiens her nach Hause aufbrach, als ich vom Tod meines Bruders gehört hatte, so brauchte ich doch eine ganze Weile bis in den Süden.«

»Werden wir jetzt dorthin gehen?« fragte Zarina.

»Ja.« Rolfe nickte. »Ich hatte gerade erfahren, daß es in Nepal einige ungeheuer interessante Manuskripte gibt, und zwar in einem selbst für Liebhaber der Materie zu weit abgelegenen Kloster.«

»Alte Manuskripte!« rief Zarina begeistert. »Ich hatte ja keine Ahnung, daß du dich mit derlei Dingen befaßt.«

»Anders gesagt«, entgegnete Rolfe, »du hast mich für einen Ignoranten oder Vergnügungssüchtigen wie Darcy gehalten.«

»Ich habe nichts dergleichen von dir gedacht«, verteidigte sich Zarina. »Aber ich hatte immer den Eindruck, du würdest nur aus Abenteuerlust reisen.«

»Aus genau diesem Grund reise ich«, erwiderte Rolfe. »Es gibt so viele Dinge, die ich sehen möchte, so vieles, was ich entdecken möchte. Eigentlich wollte ich die Manuskripte hierher in die Bibliothek bringen.«

»Gott sei Dank mußten wir sie nicht verkaufen!« seufzte Zarina erleichtert. »Ich kann mich noch gut daran erinnern, wie mir dein Vater einige der frühen, herrlich illustrierten Ausgaben zeigte. Man hätte sicherlich einen hervorragenden Preis für eine der ersten Chaucerausgaben erzielt.«

»Jetzt gehören sie dir!« Rolfes Stimme klang verbittert.

»Im Gegenteil, sie sind der Preis für meine Rettung vor dem Herzog.«

»Wenn wir ehrlich sind, bist du betrogen worden!« wiedersprach Rolfe.

»Das einzige, was man nicht mit Gold aufwiegen kann, bin ich!« entgegnete Zarina. »Und weil ich mich für sehr kostbar halte, habe ich nach meinem Dafürhalten ein gutes Geschäft gemacht.«

Rolfe lachte, als füge er sich in das Unvermeidliche. Noch bevor er etwas sagen konnte, kam der alte Butler Yates mit einer Tischdecke herein.

»Habe gehört, Eure Lordschaft hätten gern eine Kleinigkeit zu essen. Mrs. Blossom tut ihr Bestes. Sie sagt aber, es ist kaum mehr etwas in der Speisekammer.«

»Wir sind dankbar für alles.« Rolfe lächelte. »Aber Miss Bryden sagt, sie sei sehr hungrig.«

»Wir tun, was wir können, Eure Lordschaft«, antwortete Yates. Er zog einen antiken Tisch aus der Wand, der eine Reparatur dringend nötig hatte und deswegen nicht mit den anderen Möbeln in den Großen Saal gebracht worden war.

Als Yates das Zimmer wieder verlassen hatte, fragte Zarina: »Wann wirst du ihnen sagen, daß die Versteigerung nicht stattfindet?«

»Wenn alle hier sind«, gab er zur Antwort. »Dann brauche ich es nicht zweimal zu sagen.«

»Ich nehme an, sie werden enttäuscht sein.«

»Das will ich hoffen«, antwortete er. »Ich verabscheue diese Menschen, die, gleich zu welchem Preis, bei solchen Gelegenheiten ein gutes Geschäft machen wollen.«

Seine Worte klangen bitter. Zarina konnte verstehen, daß die Ereignisse seinen Stolz verletzten. Sie dachte an ihre Kindheit zurück. Schon damals hatte sie gefunden, daß die beiden Jungen der Abtei großen Stolz entwickelten. Bedachte man, daß sie ein prachtvolles Haus, die besten Pferde und, wie Zarina zugeben mußte, das schönste Anwesen im ganzen Bezirk besaßen, so war das nicht verwunderlich.

Die Brüder hatten in Eton und Oxford studiert. Nicht nur die schönsten Mädchen, sondern auch deren ambitionierte Mütter hatten ihnen nachgestellt. Darcy war nach London gegangen und hatte sich schnell den Ruf eines Lebemannes erworben. Rolfe hingegen war fortwährend auf Reisen.

Jetzt, da Zarina zurückblickte, erinnerte sie sich des Grafen, der sich bei ihren Eltern oft darüber beklagte, daß er sehr wenig von seinen beiden Söhnen zu sehen bekam. Er war natürlich einsam. Deshalb war ihm die Freundschaft mit ihren Eltern besonders kostbar gewesen.

Während sie noch ihren Gedanken nachhing, sagte sie aus heiterem Himmel zu Rolfe: »Kümmert dich dein Zuhause wirklich so sehr? Du warst lange fort von daheim, seit du Oxford verlassen hast.«

»Die Abtei hat mir immer schon mehr bedeutet, als ich in Worte fassen kann«, antwortete Rolfe. »Aber von Kindesbeinen an war mir bewußt, daß sie irgendwann an Darcy fallen würde und ich mir ein anderes Zuhause suchen müßte.«

Er brauchte Zarina nicht erst zu erklären, daß in adligen Familien der älteste Sohn alles erbte. Dem jüngeren Bruder konnte nur das Ersparte hinterlassen werden, was manchmal sehr wenig war. Nur so konnte der Erhalt eines großen Anwesens gewährleistet werden.

Das Oberhaupt der Familie war von ungeheurer

Wichtigkeit, denn es hatte die Kontrolle über sämtliche Vorgänge. Jetzt verstand Zarina, warum Rolfe versucht hatte, außerhalb Englands seinen Interessen nachzugehen, wo er seinem älteren Bruder weniger untergeordnet war.

Als könne er ihre Gedanken lesen, murmelte Rolfe:

»Ich hätte mir nicht einen Augenblick träumen lassen, daß dies jemals mir gehören würde. Als ich es erfuhr, litt ich Höllenqualen, weil ich es nicht behalten konnte.«

»Ich verstehe«, sagte Zarina schnell, »und jetzt werden wir die Abtei für dich herrichten.«

»Ich werde es versuchen, wenn ich meine Schulden bei dir abgetragen habe«, versetzte Rolfe.

»Für mich sind sie das bereits, oder sagen wir, wenn ich von meinem Onkel fort bin. Wenn du viel Aufhebens davon machen möchtest, wirst du das wohl tun müssen.«

Zarina klang verärgert, und Rolfe sagte rasch: »Ich bin dir sehr dankbar. Es tut mir leid, wenn es sich nicht danach anhört, aber ich bin es. Trotzdem handle ich gegen jeglichen Instinkt, wenn ich von irgend jemandem Almosen annehme, ganz zu schweigen von einer Frau.«

Er verließ das Zimmer, als wolle er nicht weiter darüber diskutieren, und ließ die Tür offen. Gewiß war er hinausgegangen, um zu sehen, was sich im Großen Saal abspielte. Im Augenblick war Zarina aber nicht sonderlich daran interessiert. Sie war im Geiste mit ihren Plänen beschäftigt. Wie konnte sie morgen verschwinden, ohne daß ihr Onkel Verdacht schöpfen würde?

Rolfe kam zurück, als Yates das Essen brachte. Es gab ein wenig kalten Schinken, zwei Schalen mit heißer Kaninchensuppe und ein Stück Stilton-Käse.

Yates war untröstlich, daß man ihnen in der Eile nicht mehr anbieten konnte. Zarina und Rolfe waren jedoch zufrieden, solange sie nur nicht länger Hunger verspürten.

Zarina hatte sich gerade an den Tisch gesetzt, als Rolfe mit einem Ausruf das Zimmer verließ. Er kam einige Minuten später mit einer Flasche Rotwein in Händen zurück.

»Ich habe mich eben daran erinnert«, lachte er. »Es gibt sonst nichts mehr im Keller, das nicht mit einem Etikett versehen und zum Verkauf bestimmt ist; allerdings hatte ich diesen ganz besonderen Rotwein meines Vaters für mich selbst zurückgehalten. Ich wollte ihn für mein Dinner heute abend aufsparen.«

»Ich trinke keinen Alkohol«, sagte Zarina. »Aber ich denke, wir sollten beide einen Toast auf unsere Zukunft ausbringen und darauf, daß wir Glück haben werden bei dem, was noch auf uns zukommt.«

»Darauf trinke ich allemal!« stimmte Rolfe zu. Er goß den Rotwein ein, und sie prosteten sich feierlich über den Tisch hinweg zu.

Dann begann Zarina mit der Suppe und nahm schließlich etwas von dem hausgemachten Schinken.

Nachdem Yates das Zimmer verlassen hatte, um ihnen zum Abschluß der Mahlzeit Kaffee zu bringen, fragte Zarina: »Wann wirst du mich morgen abholen?«

»So früh wie möglich«, antwortete Rolfe. »Ich habe vor, den Bummelzug nach London zu nehmen. Er hält an der Station um halb sechs Uhr früh und ist noch vor Mittag in Tilbary.«

»Ich werde um Viertel vor fünf fertig sein«, sagte Zarina. »Und bevor der General aufsteht, sind wir längst über alle Berge.«

»Wo soll ich dich abholen?« fragte Rolfe. »Es wäre sicher unklug, den Haupteingang zu benützen.«

»Natürlich!« pflichtete Zarina ihm bei. »Warte am Ende der Ställe bei der Koppel. Ich glaube, daß noch nicht einmal die Stallburschen so früh wach sein werden. Wenn sie uns trotzdem sehen, wird es keine Rolle spielen.«

»Wahrscheinlich nicht«, stimmte Rolfe zu. »Sie werden unsere Flucht zweifelsohne für ausgesprochen romantisch halten — etwas, das sie selbst gerne täten.«

»Wir dürfen keinen Fehler machen«, sagte Zarina mit ernster Stimme. Sie dachte daran, wie zornig ihr Onkel sein würde, wenn er erführe, daß sie fort sei. Sie war davon überzeugt, daß er versuchen würde, sie aufzuspüren, sobald er wüßte, wohin sie gegangen war. Dann wiederum schien es ihr eher unwahrscheinlich, daß der General nach Tilbury gehen würde, wenn ihr Brief doch besagte, sie sei in Frankreich. Wahrscheinlich würde er sich nach Dover begeben, wenn sie längst auf hoher See und auf dem Weg nach Indien wären.

Sie schenkte sich eine Tasse Kaffee ein, und Rolfe trank ein zweites Glas Rotwein, bevor er seine Uhr aus der Westentasche nahm.

»Es ist zwei Minuten vor zwei«, sagte er. »Und der Saal sollte inzwischen voll sein.« Er stand vom Tisch auf.

»Viel Glück!« wünschte Zarina ihm.

Er lächelte ihr zu und ging.

Sie blieb zurück, um Yates zu danken und ihn zu bitten, Mrs. Blossom ihren Besuch anzukündigen. Dann ging sie den Durchgang entlang, der zum Großen Saal führte. Dort war noch eine Tür geöffnet. Zarina betrachtete eine Weile die Menge, die sich vor dem Pult des Auktionators bewegte. Sie sah, daß Rolfe mit einem Mann, offensichtlich dem Auktionator, sprach. Bennett stand direkt hinter ihm. Der Assistent des Auktionators hatte schon am Tisch Platz genommen. Der verdutzte Auktionator verließ das Pult, nachdem Rolfe darauf bestanden hatte. Nachdem der Graf seinen Platz eingenommen hatte, stellte Zarina fest, daß er auf seine besondere Art ebenso gut aussah wie sein Bruder.

Plötzlich wurde es still. Es mußten mehr als hundert Menschen im Großen Saal sein, schätzte Zarina, und alle blickten auf Rolfe. Vor der Menge standen Männer, die, so vermutete sie, aus London gekommen waren. Sie würden sich den Erlös schnappen, sobald der Verkauf vorüber wäre. In ihren stechenden Augen und verkniffenen Mündern lag etwas sehr Unangenehmes. Zarina dachte, daß sie wohl keinen Moment gezögert hätten, Darcy zu ihrem

Vorteil oder einfach aus Rache ins Gefängnis zu stecken.

»Gentlemen!« begann Rolfe mit einer Stimme, die die Wände des Großen Saals geradezu erbeben ließ. »Ich bin der Graf von Linwood und hätte Sie heute gerne zu einem glücklicheren Anlaß willkommen geheißen.« Er machte eine Pause und beobachtete die Menge, bevor er fortfuhr: »Viele von Ihnen haben einen langen Weg auf sich genommen, um die Ausstattung der Abtei und die Abtei selbst zu ersteigern. Deshalb muß ich mich bei Ihnen dafür entschuldigen, daß diese Reise unnötig gewesen ist. Wenn es mir möglich gewesen wäre, hätte ich Sie Ihnen gerne erpart.«

Ein erstauntes Raunen ging durch den Saal, bevor Rolfe weitersprach.

»Jedenfalls kann ich Sie davon in Kenntnis setzen, daß Ihnen das Geld, das mein Bruder Ihnen schuldet, in voller Höhe erstattet wird. Wenn Sie die Rechnungen Mr. Bennett vorlegen, der jetzt hier vor mir an diesem Tisch sitzt, wird er Ihnen Schecks ausstellen, von denen ich versprechen kann, daß Sie Ihnen unverzüglich von der Coutts Bank am Strohmarkt eingelöst werden.«

Immer lauter machte sich das Erstaunen Luft, bis einer der Männer in der ersten Reihe schrie: »Warum hat man uns das nicht früher gesagt, und wie sollen wir wissen, daß Sie uns nicht austricksen?«

»Es befinden sich genügend Menschen hier, die sich dafür verbürgen werden, daß ich tatsächlich der Graf von Linwood bin«, gab Rolfe zur Antwort.

»Und ich kann Ihnen nur mein Ehrenwort geben, daß die Schecks, die Sie erhalten, ohne Schwierigkeiten ausgezahlt werden.«

»Ich möchte aber auf Nummer sicher gehen!« rief der Mann zurück. »Wie sollen wir wissen, daß das kein Trick ist? Vielleicht wollen Sie uns nur loswerden, damit Sie alles hier an jemand anderen verhökern können!«

»Stimmt genau!« knurrte ein Mann in seiner Nähe.

Die anderen begannen immer lauter mit einzustimmen. Sie erschienen Zarina plötzlich sehr bedrohlich.

Rolfe schien nicht genau zu wissen, was er sagen sollte, um die Gläubiger davon zu überzeugen, daß heute Geld vorhanden sei, wo es gestern noch gefehlt hatte. Man mußte sich sehr intensiv mit den Finanzen seines Bruders und zweifelsohne denen seines Vaters beschäftigt haben, bevor man dazu übergegangen war, Darcy mit dem Gefängnis zu drohen.

Mr. Bennett, der den Platz des Auktionatorsgehilfen eingenommen hatte, sah beunruhigt aus. Zwar hielt er ein Scheckbuch in Händen, was diejenigen, denen große Summen geschuldet wurden, aber nicht davon überzeugte, daß die Schecks beim Einlösen auch gedeckt waren.

»Wir wollen, wie versprochen, mit der Auktion anfangen!« brüllte der Mann, der von Anfang an einen aggressiven Eindruck gemacht hatte. »Wir werden nicht ohne was in der Hand von hier verschwinden!«

»Klar, soviel steht fest!« schrie sein Nachbar.

Zustimmendes Gemurmel der anderen Gläubiger erfüllte den Raum.

Da wußte Zarina, was sie zu tun hatte. Sie schob sich durch die Menge, bis sie das Pult des Auktionators erreicht hatte. Es stand um etwa drei Fuß erhöht auf einem Podest und ähnelte einer Kanzel. Sie erklomm rasch die beiden Stufen, die emporführten.

Als Rolfe bemerkte, daß sie neben ihm stand, raunte er mit leiser Stimme: »Laß dich nicht mit hineinziehen.«

»Sie werden dir erst glauben, wenn ich ihnen sage, wer ich bin«, sagte sie. »Stell mich vor.«

Er zögerte einen Moment. Die Männer, die Ärger machten, nahmen an, er würde nur weitere Ausflüchte gebrauchen, und riefen nach dem Auktionator. Rolfe sah sich gezwungen zu handeln und hob widerwillig die Hand, um für Ruhe zu sorgen.

»Da Sie an meinen Worten zweifeln«, sagte er laut, »möchte ich Ihnen Miss Zarina Bryden vorstellen, die mir die Ehre gab, mir zu versprechen, meine Frau zu werden.«

Einen Augenblick lang herrschte Stille, dann ging erneut ein Raunen durch die Menge. Gleichzeitig hörte man einige Leute vernehmlich sagen: »Die Erbin! Das *ist* die Erbin!«

Es waren die Worte, die Zarina so oft in den Ballsälen Londons gehört hatte. Jetzt wurden sie von den Leuten vor ihr von einem zum anderen weitergetragen.

Eine Zeitlang flüsterten sie nur miteinander.

Dann sagte der Mann, der als erster protestiert hatte: »Wenn Miss Bryden Sie unterstützt, soll es uns recht sein.«

»Selbstverständlich tue ich das!« rief Zarina. »Und ich hoffe, Sie wünschen uns viel Glück und alles Gute für die Zukunft.«

Mehr mußte nicht gesagt werden. Die Männer drängten auf Mr. Bennett zu und hielten ihm ihre Rechnungen hin, damit er sehen konnte, wieviel man ihnen schuldig war.

Zarina verließ, von Rolfe gefolgt, den Platz des Auktionators. Als sie gerade gehen wollten, eilten einige Frauen auf sie zu, um ihnen die Hand zu schütteln und Glück zu wünschen. Ihnen folgte ein Mann, der auf dem Anwesen arbeitete. Auch einige ältere Pensionäre kamen hinzu, für die der Fußmarsch vom Dorf hierher sehr beschwerlich gewesen sein mußte.

Sie alle hatten Rolfe viel zu sagen. Nach einem Augenblick des Zögerns ließ Zarina ihn mit seinen Angestellten allein. Sie hielt es für einen Fehler, sich ihm allzu sehr aufzudrängen. Es ärgerte ihn ohnehin schon genug, daß er ihr Geld hatte annehmen müssen. Sie hielt es vielmehr für eine ausgezeichnete Gelegenheit, sich die Abtei anzuschauen.

Vieles, woran sie sich erinnerte, war aus den Räumen geschleppt worden. Aber für Rolfe würde es in Indien doch ein beruhigender Gedanke sein, zu wissen, daß alles an seinen angestammten Platz zurückgebracht würde und die Abtei aussähe wie immer.

Im Augenblick war es Zarina zu beschwerlich, den

Großen Saal durch die Tür zu verlassen, die zur Bibliothek führte. Sie ging statt dessen in die andere Richtung, am ehemaligen Priorzimmer vorbei, und lief auf die Kapelle zu. Sie trat ein und sah sofort, daß sie noch ebenso schön war wie in ihrer Erinnerung.

Weder das goldene Kreuz auf dem Altar noch die antiken und sehr kostbaren Kerzenhalter waren von denjenigen, die die Versteigerung veranlaßt hatten, angerührt worden.

Zarina kannte den Grund dafür. Die meisten Menschen waren zu abergläubig, um etwas anzufassen oder gar wegzunehmen, das in eine geweihte Kapelle gehörte. Sie nahm an, daß der Auktionator vorgehabt hatte, die Kapelleneinrichtung den neuen Besitzern der Abtei zu überlassen. Sollten sie doch ihr Schicksal versuchen, wenn sie tatsächlich etwas ändern wollten.

Der wunderbar geschnitzte Betstuhl stand immer noch vor den Stufen des Altars, und Zarina kniete darauf nieder. Sie schloß die Augen und dankte Gott dafür, daß er ihr den Weg gezeigt hatte, dem Herzog zu entkommen, und bat ihn um Schutz für Rolfe und sich auf ihrer Reise nach Indien. Was später geschehen sollte, wußte sie nicht. Sie fragte sich, ob sie imstande wäre, Rolfe zu verlassen, ohne Furcht davor zu haben, daß der Herzog sich sofort auf sie stürzen würde.

»Hilf mir . . . hilf mir . . . lieber Gott«, betete sie. »Ich habe . . . solche Angst.«

Als sie ihre Augen wieder öffnete, fiel ein Lichtstrahl durch das bunte Fenster über dem Altar. Er berührte das goldene Kreuz, und sie spürte, wie er auch ihr Haar streifte. Es erschien ihr als ein Zeichen, daß Gott sie erhört hatte.

Was auch immer in Zukunft geschehen mochte — er würde sie beschützen.

4

Zarina blieb eine Weile in der Kapelle. Dann machte sie sich auf den Weg, um wie versprochen Mrs. Blossom aufzusuchen. Es würde ohnehin lange dauern, bis jeder im Großen Saal seine Rechnungen vorgezeigt und seine Schecks in Empfang genommen hatte.

Sie war noch nicht sehr weit gekommen, als ihr zwei Männer entgegenkamen. Einen von ihnen erkannte sie als den, der im Saal gestört hatte. Es sah so aus, als habe er mit Hilfe seiner draufgängerischen Art als erster sein Geld bekommen. Er sah derb aus, war aber gut gekleidet. Seinem hinterlistigen Gesichtsausdruck würde jedoch trotzdem niemand Vertrauen schenken.

Zarina wollte an ihnen vorbeigehen, aber der Störenfried aus dem Saal stellte sich ihr in den Weg.

»Wir haben Sie gesucht, Miss Bryden«, sagte er mit einem hinterhältigen Grinsen.

Zarina zog eine Augenbraue hoch. »Mich?« fragte sie.

»Ja, wir wollen Ihnen etwas zeigen.«

Zarina fragte sich, was das wohl sein könne, und wollte schon dankend ablehnen. Aber als die Männer so neben ihr hergingen, empfand sie das als unhöflich.

Sie gingen den Flur entlang, bis sie fast die Küche erreicht hatten.

Dann öffnete der Mann, der ihr so unangenehm aufgefallen war, die Tür zu einem Raum, in dem sie noch nie gewesen war. Zarina vermutete, daß er zu Lebzeiten des alten Grafen von dessen Sekretär benutzt worden war. Ein Schreibtisch stand mitten im Zimmer, an den Wänden hingen Karten. Einige schwarze Blechschachteln, die vielleicht Unterlagen über die Farmen und das Anwesen enthielten, stapelten sich in einer Ecke.

Zarina wollte gerade fragen, warum man sie hierhergebracht hatte, als der Gutgekleidete die Tür auf sonderbar brutale Art hinter sich zuzog.

»Was soll das?« fragte sie spitz. »Was wollen Sie mir zeigen?«

»Nun, es ist mir aufgefallen, Miss Bryden«, antwortete der Mann, »und zwar — als ich vorhin meinen Scheck bekam, daß ich mein Geld genauso wie Sie auf der Coutts Bank liegen habe.«

Zarina erstarrte. Sie mochte den vertraulichen Tonfall nicht, in dem er mit ihr sprach.

»Was ich mir also denke«, fuhr er fort, »ist, daß einer jungen, reichen Dame wie Ihnen ein bißchen Geld mehr oder weniger gar nicht auffällt.«

»Ich verstehe wirklich nicht, worauf Sie hinauswollen«, erwiderte Zarina. »Und ich möchte jetzt lieber gehen.«

Doch als sie sich umdrehte, sah sie den zweiten Mann, der bisher noch kein Wort gesagt hatte, an der Tür stehen. Durch ein Kopfschütteln gab er ihr zu verstehen, daß er sie nicht durchlassen würde.

Zarina zögerte, und der Gutgekleidete sagte: »Ist ganz einfach, Miss Bryden. Alles, was Sie machen müssen, ist, meinen Scheck hier zu unterschreiben. Ich bin mir ziemlich sicher, daß die Bank ihn einlösen wird. Warum sollten sie es auch nicht tun, wo die doch haufenweise Geld zur Verfügung haben?« Er sah sie höhnisch an.

Zarina entgegnete zornig: »Ich habe keinerlei Absicht, diese Konversation fortzusetzen, und möchte sofort zu Seiner Lordschaft!«

»Das ist eine Sache von einer Sekunde«, gab der Mann zurück. »Unterschreiben Sie, und Sie können sofort gehen.« Während er sprach, legte er den Scheck auf den Schreibtisch.

Beinahe gegen ihren Willen las Zarina, was darauf stand. Der Scheck war auf die Summe von zwanzigtausend Pfund ausgestellt.

»Wenn Sie annehmen, daß ich das unterschreibe, haben Sie sich sehr getäuscht!« sagte sie fest. »Außerdem bin ich mir sicher, daß die Bank bei einer so hohen Summe Verdacht schöpfen würde.«

»Ich halt's für ziemlich unwahrscheinlich, wenn man bedenkt, welche Schulden Seine Gnaden hat«, erwiderte der Mann und lachte böse. »Wenn Sie, was ich glaube, für Seine Lordschaft bezahlen, dann kostet Sie das eine Menge Geld, und zwanzigtausend mehr oder weniger fallen da nicht auf.«

»Sie fallen *mir* auf«, antwortete Zarina. »Und was Sie hier versuchen, ist nicht nur hinterhältig, sondern ein Verbrechen!«

»Nun, wenn das Ihr letztes Wort ist, muß ich wohl ein bißchen überzeugender werden.«

Noch während er sprach, drückte er Zarina rasch ein Taschentuch aufs Gesicht und knebelte sie. Sie wehrte sich verzweifelt. Der andere Mann kam hinzu, um ihre Arme zu fesseln. Der Gutgekleidete zog blitzschnell eine lange Silberkette aus der Tasche. Zarina konnte noch erkennen, daß es eine war, wie sie Kutscher benutzten, um Gepäckstücke nicht nur an ihrem Platz zu befestigen, sondern sie auch diebstahlsicher anzuketten. Der Mann zurrte sie um ihre Taille und Arme und verknotete die Enden. Dann konnte sie sich nicht mehr bewegen.

»Mach die Tür auf, Bill«, sagte er, »und sieh nach, ob die Luft rein ist!«

Bill tat, wie ihm befohlen, und schaute auf den Korridor hinaus. Dann schob der Gutgekleidete Zarina vorwärts und trieb sie vor sich her.

Sie dachte daran, sich auf den Boden fallen zu lassen, aber sie wußte, daß die beiden sie dann fortschleifen würden. Genauso leicht würde es für die Männer sein, sie zu tragen.

Ihr blieb nichts als zu beten, daß jemand hinzukommen möge. Allerdings war ihr klar, daß in diesem Teil der Abtei, in dem die Küche lag, nur Mrs. Blossom am Herd arbeitete. Die restliche Die-

76

nerschaft würde sich im vorderen Teil des Hauses aufhalten.

Die Männer, Zarina nun zwischen sich, bogen bald um eine Ecke.

Mit Entsetzen stellte sie fest, daß sie sich auf dem Weg in den Keller befanden. Sie war nur ein- oder zweimal als Kind dort gewesen, als die Jungen sie mitgenommen hatten. Sie wußte aber, daß die Kellerräume geräumig waren und bis tief unter das Gemäuer reichten.

Bill öffnete die Kellertür, und Zarina sah, daß der Wein wie die Möbel mit Etiketten versehen worden war und zum Verkauf bereitstand. Viel war nicht übrig davon. Als sie den ersten Keller durchquert hatten, lag der zweite fast leer und in Dunkelheit vor ihnen, bis Bill eine Lampe, die in einer Nische gelegen hatte, hervorholte und anzündete.

Daran erkannte Zarina, daß die beiden Männer schon einmal hiergewesen waren. Sie mußten ausgemacht haben, sie hierher zu bringen, falls sie sich weigerte, den Scheck zu unterschreiben.

Sie führten sie durch den zweiten, sehr weitläufigen Raum. Dann kamen sie zu einem weiteren Keller mit einer niedrigen Decke, der völlig leer stand.

Zarina fühlte nackte Angst in sich hochsteigen. Es war sehr unwahrscheinlich, daß jemand sie hier finden würde, wenn die beiden sie hierließen. Wie konnte man auch, wenn doch nichts in den letzten beiden Kellern lagerte und nur der erste noch in Gebrauch war?

Sie dachte zunächst, daß der dritte Raum an einer

Ziegelmauer endete. Es gab aber eine kleine, schmale Tür, die quietschte, als Bill sie öffnete.

Der vierte Keller war viel kleiner als die anderen und recht feucht. Zarina wurde brutal hineingestoßen. Die beiden Männer folgten ihr in den muffigen Raum, der an einer Seite eine Art Gewölbe aufwies, das aus dunklen Steinen bestand. Darin war eine massiv aussehende Tür eingelassen.

Sie lockerten Zarinas Kette ein wenig und schoben ein Ende durch einen Ring in der Tür. Der Wortführer der beiden befestigte ein Schloß an der Kette, drehte den Schlüssel herum und ließ ihn anschließend in seiner Hosentasche verschwinden.

»Bill und ich gehen nur 'nen Happen essen. Wir sind in ein, zwei Stunden wieder da. Dann haben Sie Ihre Meinung über den Scheck wohl geändert. Wenn nicht, wird's Ihnen garantiert leid tun!«

Zarina starrte ihn aus vor Schreck geweiteten Augen an.

Der Mann kam noch einmal auf sie zu und betrachtete sie im Licht der Laterne. »Sind 'ne ganz Hübsche, und wenn ich's mir recht überlege, gäb's einen einfacheren Weg, es Ihnen gemütlich zu machen!«

Seine Art zu sprechen und sein lüsterner Blick ließen Zarina erschauern.

»Komm schon, Alf«, sagte Bill. »Laß sie drüber nachdenken.«

»Schon gut«, antwortete Alf widerwillig. »Ade, schöne Dame, und vergiß mich nicht, bis ich wiederkomme.«

Sein Lachen hallte unangenehm von den Wänden wider. Bill und er verließen das Gewölbe und schlossen die Tür hinter sich.

Zarina hörte, wie sie die Treppen hinaufstiegen. Schließlich verhallten die Schritte, und nichts war mehr zu hören.

Wie dumm es doch gewesen war, mit den Männern mitzugehen! Aber jetzt war es für Reue zu spät. Voller Angst dachte sie daran, was wohl geschehen würde, wenn die beiden zurückkämen. Sie ahnte, daß die Männer sie in jedem Fall einfach hier verrotten lassen würden.

»Was sind schon zwanzigtausend Pfund«, überlegte sie laut, »wenn es um Leben oder Tod geht?«

Ich werde sterben . . . hier werde ich sterben! dachte sie dann schaudernd. Und niemand wird jemals erfahren, was mit mir geschehen ist.

Sie wand sich hin und her, aber die Kette um ihre Taille und die Arme war zu massiv. Wie fest sie auch ziehen mochte, sie konnte sie nicht sprengen. Sie versuchte, die Arme frei zu bekommen, aber auch das war unmöglich — sie würde sich dabei nur selbst verletzen.

Wenn sie ihren Kopf an der Tür rieb, schaffte sie es vielleicht, den Knebel zu lösen. Sie wollte schon entmutigt aufgeben, als sie tatsächlich erst ihren Mund und dann ihr Kinn frei bekam. Immerhin ein kleiner Fortschritt!

Dennoch sagte ihr ihr Verstand, daß niemand sie hier unten hören würde — egal, wie laut sie auch schrie. Sie erinnerte sich der Worte ihres Vaters, die

Abtei sei äußerst massiv gebaut. Das Gebäude stand bereits seit dreihundert Jahren hier und würde gut und gerne dreihundert weitere überstehen.

Was soll ich nur tun? Was . . . kann ich tun? fragte sich Zarina verzweifelt. Dann fiel ihr der Sonnenstrahl, der durch das bunte Glasfenster der Kapelle gefallen war, wieder ein. Es erschien ihr wie ein Omen. Nur Beten würde ihr jetzt noch helfen können.

»Hilf mir . . . hilf mir, lieber Gott!« betete sie und wiederholte ihre Worte unter Tränen.

Nach einer Weile überlegte sie, wie lange es dauern könne, bis Rolfe ihre Abwesenheit bemerken würde. Wenn er Mr. Bennett beim Begleichen der Schulden half, würde er noch lange im Großen Saal beschäftigt sein. Später würde er noch seine Angestellten und die Gehilfen des Auktionators anweisen, die Gemälde und Möbel dahin zurückzubringen, wo sie sie hergeholt hatten.

Rolfe wird annehmen, ich sei nach Hause gegangen, sagte sie sich. Aber Mr. Bennett war mit ihr hergekommen, vielleicht erwartete er, daß sie mit ihm zurückreiten würde. Spätestens, wenn er sein eigenes Pferd holte, sähe er »Eisvogel« im Stall stehen.

»Bitte, Gott . . . bitte . . .«, betete sie noch einmal. Gleichzeitig spürte sie die Kälte in ihr hochkriechen, und ihr wurde immer ängstlicher zumute.

Nach ungefähr einer Stunde oder länger — Zarina hatte jegliches Zeitgefühl verloren — hörte sie ein sehr, sehr leises Geräusch in der Ferne. Erschrocken

lauschte sie, ob es etwa ein Tier war. Gewiß wimmel-
te es hier unten von Ratten.

Der Laut war noch einmal zu hören, und Zarina
fuhr zusammen. Es war das Geräusch einer Tür gewesen. Jemand war in einem der vorderen Kellerräume.

Jemand! Dieses Wort rief ihr die beiden schrecklichen Männer zurück ins Bewußtsein. Sie würden sie
zwingen, den Scheck zu unterzeichnen. Täte sie es,
würden die beiden sie dann freilassen? Sie war klug
genug, es zu bezweifeln. Gewiß würden sie sie hier
als Gefangene zurücklassen, während sie nach London fuhren.

Hielten sie erst einmal das Geld in Händen, würden sie sich kaum Gedanken darüber machen, was
aus ihr würde. Vielleicht würden sie sie auch töten,
bevor sie gingen. So könnte Zarina nicht mehr gegen
sie aussagen, falls man sie jemals hier finden würde.

Das Taschentuch, mit dem Alf sie geknebelt hatte,
hing noch um ihren Hals. Würde er es ein wenig
straffer ziehen? Sie schloß die Augen in ohnmächti-
ger Angst.

In diesem Moment hörte sie, wie Schritte auf der
anderen Seite der kleinen Tür näher kamen. In wenigen Sekunden würde sie Alf und Bill wiedersehen!
Doch plötzlich verstummten die Schritte, und es
schien ihr, als habe sie nicht zwei, sondern nur einen
Menschen gehört.

Zarina schöpfte neue Hoffnung. Vielleicht waren
es ja doch nicht die beiden, sondern jemand, der
nach ihr suchte. Rolfe! Konnte es Rolfe sein? Die

Stimme versagte ihr. Dann rief sie: »Hilfe . . . Hilfe! Bitte . . . helft mir!« Der Klang ihrer seltsam fremden Stimme hallte im Gewölbe wider.

Jemand rief: »Zarina! Bist du hier? Wo bist du?«

Tatsächlich, es war Rolfe! Sie war so überrascht, daß sie für Augenblicke nicht antworten konnte. »Hier . . . bin ich . . . hier!« rief sie dann.

Sie hörte, wie er sich rasch der Tür näherte. Und schon stieß er sie auf. Er mußte sich bücken, um hereinkommen zu können. In der rechten Hand trug er eine Laterne, die er nun über seinen Kopf hob.

Zarina schien es, als trüge er eine schimmernde Rüstung und einen Heiligenschein. »Oh, Rolfe . . . Rolfe!« rief sie mit brechender Stimme. Tränen rannen ihr über die Wangen.

Rolfe stellte die Laterne auf den Boden und war mit zwei Schritten bei ihr. »Was zum Teufel ist hier vorgegangen?« fragte er.

Zarina konnte nur noch unzusammenhängend flüstern. »Du . . . bist endlich . . . hier! Ich dachte . . . ich müßte sterben! Sie haben . . . mich . . . hiergelassen, aber sie werden . . . zurückkommen.«

»Sie? Von wem redest du?« wollte Rolfe entsetzt wissen.

»Von zwei Männern, die wollten, daß ich einen Scheck über zwanzigtausend Pfund unterschreibe«, gelang es Zarina zu erklären.

Rolfe versuchte die Kette um ihre Taille zu lösen, aber es gelang ihm nicht. »Ich schaffe es nicht allein«, sagte er. »Ich werde Hilfe holen müssen.«

»Nein . . . nein . . . bitte nicht!« schluchzte Zarina. »Ich kann den Gedanken nicht ertragen, daß andere erfahren, was geschehen ist.« Sie dachte an die Demütigungen, die ihr bevorstanden, wenn die Dienerschaft oder sonst jemand davon erfuhr, daß sie entführt und erpreßt worden war. Es war eine dieser Geschichten, die im gesamten Bezirk die Runde machen würden. Alle würden lachen und dabei denken, daß ihr das recht geschehen sei, weil sie so viel Geld besaß.

Rolfe schien zu fühlen, was in ihr vorging, denn er meinte: »Warte eine Sekunde! Ich habe beim Hereinkommen etwas bemerkt.« Er nahm die Lampe und ging durch die Tür. »Ich bin in einer Minute zurück«, sagte er noch.

Zarina hörte, wie er den Weg zurücklief, den er gekommen war. Er mußte ungefähr bis zum zweiten Keller gegangen sein, bevor er wieder kehrtmachte. Aus Angst, Rolfe nicht mehr hören zu können, hielt sie den Atem an. Ihre Wangen waren noch immer naß vom Weinen.

Rolfe kam wenig später mit einem großen Beil zurück, das zum Öffnen der Fässer gebraucht wurde. Er setzte die Laterne ab und sagte: »Du mußt dich so weit wie möglich nach vorne beugen, damit du nicht verletzt wirst.«

»Alles, was zählt, ist . . . meine Freiheit«, erwiderte Zarina und tat wie geheißen.

Rolfe hob das Beil hoch über seinen Kopf und ließ es dann kräftig auf die Kette niedersausen. Sie zerbarst und mit ihr Teile der Gewölbetür, die mit Getöse auf den Boden schlugen.

Zarina war frei! Sie schüttelte die Kette ab und rieb sich die schmerzenden Handgelenke. Selbst jetzt noch fühlte sie sich einer Ohnmacht nahe. Sie mußte auch tatsächlich geschwankt haben, denn Rolfe ließ die Axt fallen und legte seinen Arm um sie.

»Es ist alles gut«, beruhigte er sie. »Es ist vorbei, und wenn ich diese Männer finde, werde ich sie umbringen.«

Zarina antwortete nicht. Sie schloß die Augen und legte ihren Kopf an Rolfes Schulter.

»Laß uns schleunigst von hier verschwinden«, sagte er. »Kannst du laufen, oder soll ich dich tragen?«

»Es . . . geht, es geht . . . schon«, antwortete sie mit einiger Anstrengung.

Rolfe nahm die Laterne in seine linke Hand und zog Zarina mit der anderen behutsam aus dem Verlies. Sie ließen einen Raum nach dem anderen hinter sich, bis sie endlich den Kellerzugang erreichten. Durch eines der Fenster fiel Licht in den Flur. Zarina wischte sich die letzten Tränen aus dem Gesicht.

»Was du brauchst, ist ein Drink«, murmelte Rolfe und schaute auf die Regale mit dem Wein.

»Ich habe versprochen . . . Mrs. Blossom zu besuchen«, wandte Zarina ein. »Und ich hätte wirklich lieber eine Tasse Tee.«

»Auch gut«, meinte Rolfe. »Ich weiß, du möchtest nicht, daß irgend jemand erfährt, was geschehen ist.«

»Nein . . . nein, natürlich nicht«, stimmte Zarina zu. »Aber diese Männer werden zurückkommen, sie werden dich vielleicht . . . verletzen.«

»Ich werde Vorkehrungen treffen, damit sie die Abtei nie wieder betreten können«, beschwichtigte Rolfe sie. »Jetzt komm mit in die Küche, und laß mich alles arrangieren, bevor ich dich nach Hause bringe.«

»Ist Mr. Bennett schon weg?« wollte Zarina wissen.

»Er ist gegangen, nachdem er die letzte Rechnung bezahlt hatte«, antwortete Rolfe. »Er dachte, du würdest noch bei mir bleiben. Ich hatte ihm zu verstehen gegeben, daß ich dich heimbringen würde, konnte dich dann aber nicht finden.«

»Ich hatte solche . . . Angst, du würdest nicht nach mir suchen.«

»Hätte mir Yates nicht von zwei Männern berichtet, die er aus dem Keller hatte kommen sehen, wäre ich wahrscheinlich nicht hier. Er dachte, sie würden vielleicht Wein stehlen, als ich jedoch nachschaute, fehlte nichts.« Er lächelte sie an, bevor er fortfuhr: »Eine glückliche Fügung, daß ich dann beschloß nachzusehen, was sich im restlichen Teil des Kellers befindet.«

»Mein . . . Schutzengel muß dir das eingegeben haben«, flüsterte Zarina. Eigentlich glaubte sie ja, Gott habe Rolfe zu ihr geführt, aber das behielt sie für sich.

Sie gingen in die Küche zu Mrs. Blossom.

»Hab’ schon geglaubt, daß Sie uns vergessen haben, Miss Zarina«, sagte die Köchin lächelnd. »Mr. Yates hat erzählt, daß Sie kommen. Hab’ Sie schon erwartet.«

»Sie wissen doch, daß ich nicht gehe, ohne Sie zu begrüßen.« Zarina bemühte sich, fröhlich zu klingen.

»Was Miss Zarina jetzt braucht«, flocht Rolfe ein, »ist eine gute Tasse Tee mit viel Zucker. Sie hat sich bei der Besichtigung der Abtei völlig verausgabt. Und haben nicht Sie, Mrs. Blossom, gesagt, daß nichts über eine gute Tasse Tee geht?«

»Ganz richtig!« Mrs. Blossom lachte. »Und wenn's das ist, was Miss Zarina möchte, kriegt sie es sofort, denn ich habe mir gerade selbst eine Tasse gebraut.«

Die Kanne stand noch auf dem Herd. Während Rolfe die Küche verließ, goß Mrs. Blossom den starken Cylon-Tee in zwei große Tassen.

»Sie schauen so blaß aus, Miss Zarina«, begann sie, »statt Zucker gebe ich einen Löffel Honig in Ihren Tee. Es gibt nichts Besseres, um die Lebensgeister zu wecken.«

»Das ist jetzt genau das Richtige«, pflichtete Zarina ihr bei. Sie trank ihren Tee und fühlte sich sogleich besser. Die nächste Stunde blieb sie bei Mrs. Blossom, plauderte und lauschte dem Dorfklatsch. Schließlich kam Rolfe zurück.

Als er die Küche betrat, fragte Mrs. Blossom: »Stimmt das, was Yates behauptet, Eure Lordschaft? Daß Sie und Miss Zarina sich verlobt haben?«

»Es stimmt, Mrs. Blossom«, antwortete Rolfe. »Und ich nehme Miss Zarina morgen mit, um sie meinen Verwandten in Frankreich vorzustellen. Sie wären gekränkt, wenn sie Zarina erst kennenlernten, wenn die Anzeige schon in den Zeitungen steht.«

»Das wird nett werden für Sie beide«, meinte Mrs. Blossom. »Und bis Sie zurückkommen, wird die Abtei ausschauen wie zu Lebzeiten ihrer Ladyschaft.«

»Ich glaube gern, daß Sie das für mich tun«, entgegnete der Graf leise.

Zarina verabschiedete sich herzlich von der alten Köchin, und Rolfe führte sie aus der Küche und durch einen Hinterausgang zu den Ställen. Offensichtlich hatte er bereits entsprechende Anordnungen gegeben, denn »Eisvogel« und eines seiner Pferde standen bereit. Sie brachen in Richtung Park auf.

Zarina schaute sich unterwegs ängstlich um, als erwarte sie jeden Moment, Alf und Bill zu entdecken, die zurückkamen, um sich ihren Scheck zu schnappen und ihn so schnell wie möglich in London einzulösen.

»Wie willst du die . . . Kerle davon abhalten, wieder ins Haus einzudringen?« fragte sie besorgt.

»Ich habe Yates gewarnt, daß damit zu rechnen ist, daß das Gesindel, dem Darcy Geld schuldete, versuchen wird, zu stehlen, was es nicht hat kaufen können. Yates und ein paar Männer werden sämtliche Fensterläden und Türen verriegeln. Außerdem haben zwei Stallburschen angeboten, Wache zu halten, und sind ganz glücklich, sich etwas nebenher verdienen zu können.«

»Das war sehr klug von dir«, lobte Zarina. »Aber

paß bitte gut auf dich auf. Und denk daran, mich morgen früh zeitig abzuholen.«

»Ich habe es nicht vergessen«, entgegnete Rolfe.

Eine Weile ritten sie unter den Bäumen hindurch, dann sagte Zarina: »Du weißt, daß ich keinen Paß habe.«

»Ich trage dich in meinen ein«, erwiderte Rolfe kurz angebunden.

Es mußte ihn sehr verärgern, daß sie gezwungen war, sich als seine Frau auszugeben. Rasch meinte sie deshalb: »Die Reise nach Indien wird bestimmt aufregend werden. Ich wollte dieses Land schon immer kennenlernen.«

»Du wirst nur zu gerne nach England zurückkehren, wenn wir erst einmal dort angekommen sind«, bemerkte Rolfe recht abweisend. »Vor allem zu dem Komfort, den du gewöhnt bist.«

Wieder bemerkte Zarina seine Abneigung gegen ihr Vermögen. Er schien fest entschlossen, nichts davon für sich zu verwenden.

Statt zu diskutieren, wechselte sie das Thema. »Gleich kommen wir auf flaches Gelände, und ich möchte »Eisvogel« galoppieren lassen. Wie wäre es mit einem Rennen?«

»Ich werde auf jeden Fall versuchen, dich zu schlagen«, gab Rolfe lächelnd zurück.

»Falls du gewinnst, werde ich mich furchtbar ärgern«, lachte Zarina.

Sie jagten fast eine Meile hintereinander her. Rolfes Pferd konnte »Eisvogel« nur um Kopflänge schlagen, weil Rolfe ein so hervorragender Reiter war.

Nachdem sie ihre Pferde gezügelt hatten, seufzte Zarina leise. »Jetzt fühle ich mich besser.«

»Ich schlage vor, du reitest heim und ruhst dich aus«, riet ihr Rolfe. »Du hast etwas Schreckliches durchgemacht, und ich möchte nicht, daß du mir morgen ohnmächtig wirst.«

»Ich werde weder ohnmächtig, noch werde ich verschlafen«, versprach Zarina. »Was ich unter keinen Umständen möchte, ist eine Auseinandersetzung mit meinem Onkel.«

»Vermeide sie, wenn möglich«, stimmte Rolfe zu.

»Er wird erwarten, daß ich still und fügsam bin«, sagte sie nachdenklich.

»Dann solltest du genau so auftreten«, meinte Rolfe.

Sie war sehr überrascht, als er sein Pferd zum Stehen brachte und fragte: »Vielleicht würde er seine Pläne ja verwerfen, wenn du ihm vernünftig erklärtest, wie sehr du den Herzog verabscheust? Dann könntest du dich nach jemand Passenderem umsehen.«

»Niemand würde Onkel Alexander besser passen als der Herzog von Malnesbury«, gab Zarina kopfschüttelnd zurück. »Und wenn du mich nicht von hier fortbringst, wird er sich irgend etwas einfallen lassen, mich mit ihm zu verheiraten. Dann bin ich auf immer verloren.« Die Angst in ihrer Stimme war unüberhörbar.

»Also gut«, sagte Rolfe, und hob resignierend die Schultern. »Ich hole dich um Viertel vor fünf ab. Verspäte dich nicht, denn sollten wir den Zug verpassen, erreichen wir auch das Schiff nicht mehr rechtzeitig.«

»Ich werde pünktlich sein«, versprach Zarina, »und ich danke dir aus ganzem Herzen.« Nach einer Pause fügte sie hinzu: »Ich hielte es für einen Fehler, wenn du noch zu Onkel Alexander hineingehen würdest. Ich bete nur, daß ihm noch niemand verraten hat, daß wir auf der Versteigerung unsere Verlobung bekanntgegeben haben.«

»Bis morgen früh wird es wohl geheim bleiben können«, vermutete Rolfe. »Dann aber wird die gesamte Dienerschaft darüber reden.«

»Das denke ich auch.« Zarina nickte.

»Auf Wiedersehen, Rolfe, und noch einmal vielen Dank.«

»Wie kann ich dir nur *meine* Dankbarkeit zeigen?« entgegnete er leise.

»Hebe sie dir für die Reise auf«, beschied sie ihm und ritt davon.

Sie erreichte gerade den Hof mit den Stallungen, als Jenkins herauskam.

»Oh, da sind Sie ja!« rief er mit offensichtlicher Erleichterung. »Hab' schon gedacht, daß Sie verloren gegangen sind, Miss Zarina.«

»Ich habe einen langen Ausritt hinter mir«, erklärte sie ihm.

»Dacht's mir fast, an ihrem ersten Tag zu Hause«, kam es zurück. »Und wie finden Sie es hier?«

»Vollkommen!« Zarina lächelte. »Wie ich es erwartet hatte. Und »Eisvogel« ist großartig. Du hast ihn ausgezeichnet in Schuß gehalten.«

»Hab' gehofft, daß Sie das sagen«, erwiderte Jenkins stolz. »Reiten Sie morgen wieder aus?«

»Ich weiß es noch nicht«, wich Zarina aus. »Danke, Jenkins, und gute Nacht!«

»Gute Nacht, Miss Zarina. Es wird wie in alten Zeiten, jetzt, wo Sie wieder zu Hause sind.«

Jenkins führte »Eisvogel« in den Stall, und Zarina schlenderte auf das Haus zu. Sie konnte unmöglich ihrem Onkel beim Dinner gegenübersitzen, das in einer halben Stunde beginnen würde. Nachdenklich ging sie durch den langen Flur zur Halle, wo sie wie erwartet auf Duncan stieß.

»Ich bin lange ausgeritten, Duncan«, sagte sie, »ich bin sehr müde. Sagen Sie dem General bitte, ich sei schon zu Bett gegangen. Man soll mir eine Kleinigkeit zu essen auf mein Zimmer bringen.«

»Sehr wohl, Miss Zarina«, antwortete Duncan. »Der General wird sowieso nicht allein sein.«

»Nicht allein?« fragte Zarina neugierig.

»Nein, Miss. Er hat den Vikar und seine Frau zum Dinner eingeladen.«

»Welch ein Fest!« rief Zarina. »Also, entschuldigen Sie mich beim General. Es war ein anstrengender Tag.«

»Er wird's schon verstehen, Miss«, erwiderte Duncan.

Zarina eilte die Treppe hinauf, um ihrem Onkel nicht in die Arme zu laufen, bevor sie ihr Schlafzimmer erreichte.

Natürlich war der Vikar zum Dinner eingeladen worden, damit der General die Details der Hochzeit mit ihm besprechen konnte, dachte sie wütend. Die Hochzeit sollte also hier stattfinden, und die Bediensteten würden ein Festzelt erwarten, in dem sie mit Bier und Apfelwein auf ihr Wohl anstoßen könnten. Zweifellos hofften dann alle auf ein Feuerwerk am Abend, wenn sie erst einmal auf Hochzeitsreise wäre.

Das alles bedeutete eine Menge Vorbereitungen. Der General würde sie sehr genießen. Sicherlich war er schon dabei, die Liste der Gäste aufzustellen. Man würde sie im Ballsaal empfangen, wahrscheinlich fünfhundert oder mehr.

An eine solche Hochzeit hatte Zarina selbst oft gedacht, besonders wenn ihr wieder einmal jemand einen Heiratsantrag gemacht hatte. Aber daß der Bräutigam ein alter Mann sein würde — Herzog hin oder her — war nicht nur unangenehm, sondern schon erschreckend. Es fröstelte Zarina geradezu bei dem Gedanken. Obwohl sie alles mit Rolfe genauestens geplant hatte, befürchtete sie nun doch, daß der Onkel ihre Flucht vereiteln könnte. Nach den schrecklichen Ereignissen im Keller der Abtei hatte sie ein tiefes Verlangen nach Ruhe. Trotzdem mußte alles vorbereitet werden.

Sie ließ sich von ihrer Zofe beim Auskleiden helfen und schlüpfte ins Bett, wo sie ein exzellentes kleines Mahl einnahm, das ihr auf einem Tablett nach oben gebracht worden war. Nach dem Essen erklärte Zarina, daß sie gleich schlafen wolle.

Die Zofe zog sich zurück, und Zarina überzeugte sich davon, daß niemand vor ihrer Schlafzimmertür

Posten bezogen hatte. Vorsichtig schlich sie sich in die Dachstube hinauf, wo das Gepäck aufbewahrt wurde. Wenn sie am Morgen ihre Koffer allein tragen wollte, mußten es recht leichte sein. Eine schwere Truhe würde die Hilfe eines Bediensteten erfordern.

Im Laufe der Jahre hatte sich dort oben eine gewaltige Anzahl von Koffern und Taschen angesammelt. Am Ende fand sie zwei leichtgewichtige Koffer, die offenbar einem Diener gehört hatten. Sie waren weder mit den echten Lederkoffern ihrer Mutter zu vergleichen noch mit jenen, die Zarina in London erstanden hatte.

Sie trug die beiden Koffer in ihr Schlafzimmer hinunter und verschloß die Tür. Wenn Rolfes Bemerkung stimmte, daß sie auf einem Frachtschiff reisen würden, sollte sie nur ihre schlichtesten Kleider mitnehmen.

Unglücklicherweise waren alle Kleider, die sie mit ihrer Tante in London gekauft hatte, äußerst aufwendig gearbeitet und überaus reizvoll. Das einfachste von allen wählte sie für die Reise aus. Vom dazu passenden Hut entfernte sie den Besatz. Inständig hoffte sie, so unauffällig wie möglich damit zu wirken.

Nach dem Packen schrieb sie an ihren Onkel, daß sie mit Rolfe nach Frankreich reisen würde. Währenddessen fiel ihr ein, daß sie unbedingt Geld mitnehmen müsse. Wenn Rolfe auch darauf bestand, daß sie für nichts aufkommen dürfe, so konnte sie sich doch der Befürchtung nicht entziehen, daß er sie in Indien einfach ihrem Schicksal überlassen würde. Nichts spräche in diesem Fall dagegen, auf dem komfortabelsten Passagierdampfer nach Hause zu fahren. Aber dazu würde sie die Kleider brauchen, die sie jetzt zurücklassen mußte.

Ich muß Geld mitnehmen, sagte sie sich und überlegte, wie sie das anstellen könne. Sie besaß eine Menge Juwelen, die sie mitnehmen konnte. Und das Scheckbuch natürlich. Bei einem Streit mit ihrem Onkel, der die Bezahlung ihrer Rechnungen seinem Sekretär und Mr. Bennett überlassen wollte, hatte sie auf einem eigenen Scheckbuch bestanden. Zarina wollte unabhängig sein. Jetzt war sie froh, daß sie aus dieser Auseinandersetzung als Siegerin hervorgegangen war.

»Was ich brauche, ist Bargeld«, murmelte sie. Dann fiel ihr ein, daß Mr. Bennett stets größere Summen im Safe aufbewahrte, um freitags die Löhne auszuzahlen. Heute war Donnerstag. Das Geld läge also in kleinen Stapeln für den morgigen Tag bereit.

In Morgenmantel und Pantöffelchen schlich sie die Treppe hinunter und hoffte, daß niemand sie bemerken würde. Zum Glück war ihr Onkel noch im Speisezimmer. Jetzt, da die Frau des Vikars die beiden Männer gewiß ihrem Portwein überlassen hatte, plauderte er zweifellos noch leutseliger über die anstehende Hochzeit. Die Gattin des Vikars hielt sich wahrscheinlich im Salon auf, deshalb vermied Zarina die Haupttreppe.

Ohne gesehen zu werden, gelang es ihr, in Mr. Bennetts Büro zu schlüpfen. Seit ihrer Jugend kannte sie das Versteck des Safeschlüssels. Ihre Mutter hatte sie oft nach dem Mittagessen mit den Juwelen nach unten geschickt. Eine Vorsichtsmaßnahme gegen Einbrecher während der Ausritte, die dem Lunch meist folgten.

Damals war Mr. Bennett häufig am anderen Ende des Anwesens beschäftigt, so daß er nicht vor dem späten Nachmittag oder manchmal erst am nächsten Tag in sein Büro kam.

Zarina brauchte nicht lange, um den Schlüssel zu holen und den Safe zu öffnen. Sie hatte recht gehabt. Kleine Stapel Münzen und einige Scheine lagen vor ihr. Sie entnahm zweihundert Pfund und deponierte statt dessen einen Beleg über diese Summe. Danach verschloß sie den Safe wieder und legte den Schlüssel an seinen Platz zurück.

Ohne jemandem zu begegnen, huschte sie in ihr Schlafzimmer hinauf und legte sich zu Bett. Sie war sehr umsichtig und klug vorgegangen. Ihr Vater hätte sie gewiß dafür gelobt, daß sie sich alles allein ausgedacht hatte. Ein Fehler hätte ja auch ungeahnte Folgen gehabt.

»Ich wollte, du könntest mitkommen, Papa!« seufzte sie, nachdem sie ihr Nachtgebet gesprochen hatte. »Du hast mir immer versprochen, mich ins Ausland mitzunehmen.« Sie mußte lächeln. »Jetzt fahre ich also mit Rolfe, der mich nicht mitnehmen will und der sich bestimmt eine Ausrede einfallen lassen wird, um mir Indien nicht zeigen zu müssen.«

Aber nichts anderes zählte, als sich von ihrem Onkel und dem Herzog zu befreien. Bevor sie sich zum Schlafen zurechtlegte, stellte sie ihren Wecker auf Viertel nach vier. Sie hatte ihn gekauft, weil sie Ausritte in der Frühe so liebte und ihre Zofe sie nicht selten zu spät weckte. Zum erstenmal war Zarina wirklich froh, ihn zu besitzen.

Vollkommen erschöpft blies sie die Kerzen aus. Ihre letzten Gedanken kreisten um die Gewölbe unter der Abtei, wo sie ohne Rolfe immer noch hätte sein können. Wie knapp war sie einem brutalen Tod entronnen!

»Aber ich lebe! Ich lebe!« flüsterte sie dankbar. »Und mit ein bißchen Glück wird Onkel Alexander mich nicht zurückholen!«

Dann schlief sie endlich ein.

5

Nachdem Zarina sich angekleidet hatte, öffnete sie vorsichtig die Tür ihres Schlafzimmers. Sie vergewisserte sich, daß niemand in der Nähe war, und legte den Brief an ihren Onkel auf das Tischchen neben der Tür. Mit den beiden Koffern schlich sie sich zur Hintertreppe.

Keine Menschenseele war zu sehen oder zu hören, als sie das Haus durch die Hintertür in Richtung Ställe verließ. Für die jungen Stallburschen war es noch zu früh, und Jenkins würde sein Häuschen erst in einer Stunde verlassen.

Zarina lief über den gepflasterten Hof und spürte dabei das Gewicht der Koffer. Sie war erleichtert, als Rolfe ihr entgegenkam und ihr die Koffer abnahm. Sie sprachen kein Wort, denn zu dieser Tageszeit, genau wie nachts, war jeder Laut weithin zu hören.

Sie schritten rasch aus, bis sie zu Rolfes leichter Kutsche gelangten, die von zwei Pferden gezogen wurde und so, wie sie abgestellt war, vom Hof aus nicht zu entdecken war. Rolfe half ihr beim Einsteigen, stellte die Koffer vorne neben den Kutscher, und dann fuhren sie los.

Sie hatten eben das Tor zur Straße passiert, da rief Zarina aus: »Wir haben es wirklich getan!«

»Ich dachte, du würdest noch schlafen«, bemerkte Rolfe.

Sie wollte ihm schon eine beleidigte Antwort geben, als sie an seinem Gesicht sah, daß er sie nur geneckt hatte. »Mehr als zwei Stunden habe ich gar nicht geschlafen, weil ich noch viel zu erledigen hatte«, erwiderte sie. »Und dann bekam ich solche Angst, ich könnte verschlafen, und du würdest ohne mich fahren.«

»Ich habe mich natürlich gefragt, was ich tun sollte, wenn du nicht kämest«, sagte Rolfe.

»Aller Wahrscheinlichkeit nach hättest du mich meinem Schicksal überlassen!« vermutete Zarina.

»Vielleicht, vielleicht aber auch nicht«, murmelte Rolfe rätselhaft.

Zarina dachte an die Abtei. »Ist letzte Nacht noch irgend etwas vorgefallen?«

»Nicht, daß ich wüßte«, antwortete Rolfe. »Bevor

ich mich schlafen legte, gab ich Yates einige Anordnungen, die er hoffentlich noch nicht vergessen hat.«

Bis zur Bahnstation mit dem Hinweisschild ‚Linwood Abtei' hatten sie es nicht weit. Der Bummelzug war pünktlich. Da es hier keine Träger gab, beförderte Rolfe eigenhändig erst Zarinas, dann sein eigenes Gepäck auf die Plattform des Waggons.

Nie zuvor hatte Zarina in einem Zug gesessen, der sich so vollständig von jenen erstklassigen Fortbewegungsmitteln unterschied, in denen sie bisher gereist war. Vor dem Tod ihrer Eltern war sie schon mit der Bahn gefahren und in letzter Zeit häufig mit ihrem Onkel. Immer waren es äußerst komfortable Wagen gewesen. Dieser Bummelzug aber hatte harte und ungepolsterte Sitze und weder Jalousien noch Vorhänge an den Fenstern. Der Schaffner machte keinerlei Anstalten, ihre Koffer in den Gepäckwagen zu bringen. Und doch: Sie konnte fort — das war alles, was zählte. Und das war ihr sogar gelungen, ohne ihrem Onkel irgend etwas erklären zu müssen.

In London angekommen, besorgte Rolfe eine Mietdroschke, die sie zu den Tilbury Docks brachte. Zarina hielt es zwar für eine teure Kutschfahrt, aber als sie am Kai ankamen, hatte sie nicht den Mut, Rolfe ihren Anteil anzubieten. Sie wollte ihn nicht verärgern.

Bis sie das Frachtschiff fanden, mit dem sie reisen wollten, mußten sie ihr Gepäck eine ganze Weile schleppen. Der Kahn sah nicht gerade einladend aus. Was er dringend brauchte, war ein Anstrich, und Zarina hoffte inständig, er würde innen nicht so verdreckt sein wie außen.

Sie gingen über eine Gangway, die nur aus einer Planke bestand, an Bord. Das Schiff wurde mit einem seltsamen Sammelsurium beladen. Unter anderem mit einer hübschen kleinen Kutsche, die vermutlich für einen Beamten des Radschas bestimmt war. Die Bauern dort würde sie sicherlich sehr beeindrucken.

Nachdem sie an Deck angelangt waren, führte Rolfe Zarina in das Innere des Schiffes. Keine Menschenseele war zu sehen. Sie traten an ein Fenster, das zu einem Büro gehörte.

»Ist jemand hier?« rief Rolfe.

Keine Antwort. Nach einer Weile kam ein Mann in Hemdsärmeln und lichter werdendem Rotschopf an den Schalter.

»Mein Name ist Rolfe Wood«, log Rolfe. »Auf meinen Namen wurde eine Kabine gebucht. Sind Sie der Kapitän?«

»Bin ich«, sagte der Mann mit starkem schottischem Akzent und blickte fragend auf Zarina.

»Wider Erwarten«, begann Rolfe, »mußte ich meine Frau mitbringen. Wir hätten gerne zwei Kabinen, wenn möglich.«

»Ihre Frau«, echote der Kapitän. »Hab' ich richtig gehört? Ihre Frau?«

»Ja, meine Frau, Mrs. Wood.«

Der Kapitän betrachtete Zarina auf eine Art von Kopf bis Fuß, die schon beleidigend war, und versetzte dann mürrisch:

»Versteh' nicht, warum Sie zwei Kabinen wollen, wenn Sie verheiratet sind.«

»Mein Mann schnarcht«, beeilte sich Zarina zu erklären. »Das hält mich die ganze Nacht über wach.«

Der Kapitän sah wenig überzeugt aus. Er drehte sich um und verschwand in einem Teil der Kabine, der sich ihren Blicken durch eine hölzerne Trennwand entzog.

Zarina schaute Rolfe nervös an. »Was macht er da bloß?« fragte sie im Flüsterton.

»Er wird nach einer Kabine für dich suchen«, meinte Rolfe beruhigend.

Zarina hatte nicht im Traum daran gedacht, daß es keine geben könne. Voller Unruhe erwartete sie die Rückkehr des Kapitäns. In ihrer Nervosität streifte sie sogar ihre Handschuhe ab, denn trotz der frühen Tageszeit war ihr heiß geworden.

Der Kapitän kam zurück. »Ich habe hier zwei Kabinen nebeneinander«, knurrte er, »das ist es doch, was Sie wollen, oder?«

»Ja, selbstverständlich«, antwortete Rolfe. »Ich danke Ihnen vielmals.«

»Aber trotzdem . . .« Plötzlich hielt der Kapitän inne. »Wo ist eigentlich Ihr Ehering?« Seine Stimme hatte sich verändert, und er starrte auf Zarinas linke Hand.

Für einen Augenblick stockte ihr der Atem. Rolfe bekam kein Wort heraus, also redete sie. »Wir mußten ihn versetzen, um die Passage bezahlen zu können.«

»Das find' ich ein bißchen eigenartig, wenn man

bedenkt, daß Sie feingemacht sind wie für den Buckingham Palast.«

Zarina war sich wohl bewußt, daß sie trotz der für ihre Verhältnisse schlichten Kleidung auf diesem Lastkahn auffallen würde. Ohne nachzudenken und nur darauf bedacht, den Kapitän zu beschwichtigen, erklärte sie: »Mein . . . mein Kleid ist ein Geschenk.«

»Hab's mir gleich gedacht«, knurrte der Kapitän zynisch.

Zarina verstand im Gegensatz zu Rolfe gar nichts. »Haben Sie vielen Dank, Kapitän, daß Sie meine Frau nicht kompromittieren«, meinte er freundlich.

Die Augen der beiden Männer trafen sich, und eine Sekunde lang herrschte Schweigen.

Schließlich sagte der Kapitän bedächtig: »Ich bin ein gottesfürchtiger Mann. Gesindel kann ich auf meinem Schiff nicht dulden. Wenn Sie verheiratet sind, wie Sie sagen, Mr. Wood, dann zeigen Sie mir die Heiratsurkunde, andernfalls müssen Sie sich ein anderes Schiff nach Indien suchen.«

Zarina schaute verzweifelt zu Rolfe hinüber. Wenn sie sich zu lange aufhalten ließen, würde ihr Onkel sie aufspüren und ihre Flucht aus England verhindern.

»Kapitän, Ihr Mißtrauen ist wirklich unbegründet«, beschwichtigte Rolfe ihn mit leiser, aber würdevoller Stimme. »Erlauben Sie mir, Ihnen meinen Paß zu zeigen, denn der Name meiner Frau ist darin eingetragen.«

Er zog den Ausweis aus einer Innentasche seines

Mantels. Der Minister für Kolonien hatte ihn ausgestellt, unterschrieben war er vom Grafen von Kimberley, und er besagte, daß Rolfe Wood britischer Staatsbürger sei.

Als Rolfe ihn dem Kapitän vorlegte, konnte Zarina neben der Unterschrift des Grafen einen Zusatz lesen: »UND SEINE FRAU, ZARINA WOOD.«

Der Kapitän nahm den Ausweis und studierte ihn sorgfältig. Er las ihn regelrecht von der ersten bis zur letzten Zeile. Als er bei Zarinas Namen angekommen war, sagte er anklagend: »Das ist später hinzugefügt worden!«

»Selbstverständlich«, erwiderte Rolfe. »Ich bekam den Paß lange vor meiner Hochzeit und habe nur dafür gesorgt, daß meine Frau nach der Trauung eingetragen wurde, damit sie mit mir reisen konnte.«

»Würde die Heiratsurkunde trotzdem gerne sehen!« forderte der Kapitän hartnäckig.

Voller Verzweiflung überlegte Zarina, was zu tun sei. Einer plötzlichen Eingebung folgend sagte sie: »Ich fürchte, ich habe die Urkunde, vor lauter Angst, sie zu verlieren, dummerweise zu Hause gelassen. Aber wenn Sie sichergehen wollen, daß wir rechtmäßig Mann und Frau sind, können Sie uns ja trauen, sobald wir auf hoher See sind.« In einem Buch hatte sie gelesen, daß Kapitäne das Recht hatten, Passagiere — falls notwendig — zu trauen.

Überraschung zeichnete sich auf dem Gesicht des Kapitäns ab, aber er erwiderte: »Also gut! Die zwei Kabinen gehören Ihnen. Möchte aber nicht, daß die anderen Passagiere 'nen schlechten Eindruck kriegen, also tragen Sie 'nen Ehering!«

Weder Zarina noch Rolfe konnten antworten, so erleichtert waren sie darüber, eine unerwartet schwierige Schlacht gewonnen zu haben. Durch das Fenster reichte ihnen der Kapitän ein Papier mit den Kabinennummern. Dann überließ er es ihnen, den Weg dorthin zu finden.

Rolfe trug das Gepäck, und zusammen gingen sie die Treppe zu den Kabinen hinunter und einen schmalen Gang entlang. Schließlich fanden sie die richtigen Türen.

Beide Kabinen waren so schmal und eng, daß man sich kaum darin umdrehen konnte. Jede besaß zwei Kojen übereinander, und Zarina war froh, ihre Kajüte nicht mit irgend jemandem teilen zu müssen, schon gar nicht mit einem so kräftigen Mann wie Rolfe. Keine der Kabinen war besonders komfortabel.

Während sie noch überlegten, wer welche Kajüte belegen sollte, erschien ein Steward. Er war ein ebensolches Rauhbein wie der Kapitän und erklärte ihnen, daß Laken, Decken und Kissen nur gegen einen Aufpreis zu bekommen seien, was Zarina höchst merkwürdig fand. Rolfe, der das jedoch schon zu kennen schien, erklärte sich bereit zu zahlen.

Als das Bettzeug gebracht wurde, stellte Zarina mit Erleichterung fest, daß es zwar abgenutzt, aber wenigstens sauber war.

Rolfe bemerkte ihren prüfenden Blick und meinte: »Du wirst die Decken nicht lange brauchen.

Wenn wir erst einmal auf dem Mittelmeer sind, wird es sehr heiß werden, ganz zu schweigen vom Roten Meer.«

»Ich beklage mich doch gar nicht«, verteidigte sich Zarina. »Ich versuche doch nur zu verstehen, wie es auf einem solchen Schiff zugeht.«

Damit hatte sie Rolfe an einer empfindlichen Stelle getroffen. »Etwas Besseres kann ich mir nicht leisten, und wenn du es jetzt nicht besonders gemütlich hast, mach nicht mich dafür verantwortlich!« rief er böse.

Er verließ die Kabine und schlug die Tür hinter sich zu.

Zarina seufzte. Rolfe mochte ihre Anwesenheit nicht. Darüber hinaus wollte er ihr wohl unzweifelhaft klarmachen, daß er für sie und sich selbst aufkam, auch wenn er sich das eigentlich nicht leisten konnte.

»Menschen mit einem solchen Stolz sind Narren!« murmelte Zarina. Sie überlegte, wie sie ihn dazu bringen könne, nicht die ganze Reise über ihres Geldes wegen mißgestimmt zu sein. Da beide Räume eigentlich für zwei Personen gedacht waren, beschlich sie das ungute Gefühl, Rolfe würde auch das bezahlen müssen.

Aber im Augenblick hatte es keinen Sinn, über Geld nachzudenken. Jetzt kam es darauf an, daß ihr Onkel den Brief lesen und annehmen würde, sie sei in Frankreich. Zwar würde er toben, doch er könnte nichts unternehmen. Bis zu ihrer Rückkehr, bei der sie ihm die Auflösung ihrer Verlobung mit Rolfe mitteilen würde, konnten gut und gern zwei Monate verstreichen.

Vielleicht war das ja auch zu kurz. Angenommen, sie würde zu früh nach Hause kommen, und der Herzog hätte seine Jagd noch nicht aufgegeben? Aber Rolfe würde sie sicherlich nicht sehr lange bei sich in Indien haben wollen.

Sie trat zum Bullauge und schaute auf den Fluß, in dem sich die Sonne glitzernd spiegelte. »Was mache ich mir Sorgen um die Zukunft?« überlegte sie laut. »Ich muß Rolfe dazu bringen, mich weniger abweisend zu behandeln. Und in Indien werde ich einfach bei ihm bleiben, solange er es eben erlaubt.«

Zarina begann zögernd mit dem Auspacken. Der Kapitän würde sicher etwas gegen ihre Kleider einzuwenden haben. Sie hörte, wie die anderen Passagiere an Bord kamen.

Nachdem sie den Hafen hinter sich gelassen hatten, hieß es, daß man um elf Uhr einen Teller Suppe bekommen könne. Das war der Augenblick, in dem Zarina ihre Mitreisenden das erste Mal zu Gesicht bekam.

Die dünne und wenig appetitanregende Suppe wurde von einer bunten Ansammlung von Asiaten heruntergeschlungen. Außerdem gab es noch drei oder vier Engländer, die nach Handlungsreisenden aussahen. Außer Zarina war nur noch eine einzige Frau an Bord: eine Inderin mit einem Säugling auf dem Arm.

Als Zarina und Rolfe erschienen, wurden sie von den anderen Passagieren auf befremdliche Weise angestarrt. Zwei Engländer stießen sich gegenseitig in die Rippen. Einer der beiden sagte etwas, und der andere lachte laut.

Weil Zarina und Rolfe auf ihr Frühstück verzichtet hatten und nun hungrig waren, holten sie sich einen Teller Suppe.

»Zarina, es tut mir leid«, sagte Rolfe auf dem Rückweg. »Hätte ich auch nur einen Funken Verstand besessen, hätte ich Mrs. Blossom gebeten, uns Sandwiches mitzugeben.« Er sah sie beschämt an und fügte dann hinzu: »Die einzige Entschuldigung, die ich vorbringen kann, ist, daß ich gewöhnlich nicht mit so schönen Damen wie dir verreise.«

»Ich hätte ja auch daran denken können, eine kleine Mahlzeit einzupacken«, gab Zarina zu. »Aber die Diener hätten sich gefragt, warum ich schon in aller Herrgottsfrühe zu einem Picknick wollte.«

»Es ist allein meine Schuld«, beharrte Rolfe. »Wollen wir hoffen, daß wenigstens unser Mittagessen genießbar ist.«

Zarina hatte da ihre Zweifel. Aber das war nicht wichtig. Sie war heilfroh, England zu verlassen, und nahm dafür alles in Kauf. Was zählte, war ihre Freiheit — ein Leben ohne den Herzog!

Die See war ruhig. Die Zeit bis zum Mittagessen verbrachten sie in Rolfes Kabine. Zarina saß auf der unteren Koje, während Rolfe den einzigen Stuhl benutzte. Sie plauderten über Indien. Rolfe erzählte ihr von den Klöstern weit im Norden, die er auf seiner letzten Expedition besucht hatte. Zarina war davon völlig fasziniert.

Gerade als sie ihn nach den Mönchen fragen wollte, klopfte es an der Tür.

»Treten Sie ein!« sagte Rolfe laut.

Es war der Kapitän. Sein Aussehen war seit ihrer letzten Begegnung sehr viel angenehmer geworden. In Uniform und einer Schirmmütze mit goldenen Tressen betrat er die Kabine.

»Ich bin hier, um Sie zu verheiraten«, erklärte er ohne Umschweife.

»Das wird doch sicher nicht nötig sein!« rief Rolfe. »Ich hatte Ihnen doch versichert, daß Mrs. Wood und ich verheiratet sind. Wir haben doch nur die Heiratsurkunde nicht dabei.«

»War die Idee von Ihrer Frau, Mr. Wood«, beschied ihn der Kapitän. »Und meine Mannschaft und die anderen Passagiere zerreißen sich schon das Maul über Mrs. Woods Aussehen und ihre Kleider.«

Rolfe war außer sich vor Wut. Zarina hatte Angst, er würde dem Kapitän etwas verraten. Sie waren noch in Küstennähe, und der Kapitän würde keine Schwierigkeiten haben, eine Ausrede zu erfinden, um den nächsten Kanal-Hafen anzulaufen und sie dort abzusetzen.

»Wenn Sie darauf bestehen, Kapitän«, sagte sie also lächelnd, »bin ich nur zu gerne bereit, meinen Mann ein zweites Mal zu heiraten, wenn ihn das vom Weglaufen abhält!«

Der Kapitän blinzelte ihr zu. »Das nenn' ich Courage, Mrs. Wood«, antwortete er. Als er die Tür schloß, bemerkten sie, daß er ein Gebetbuch in der Hand hielt. »Nun stellen Sie sich mal vor mir auf«, ordnete er an. »Und denken Sie daran, dieser kleine Gottesdienst ist genauso bindend wie der in 'ner Kirche.«

Zarina schaute Rolfe an und fürchtete, daß er sich weigern würde, bis zum Ende mitzuspielen. Vor lauter Angst, was dann geschähe, stand sie rasch auf und nahm seine Hand.

Einen Augenblick lang blieb er reglos sitzen, dann schlossen sich seine Finger um ihre. Mit einem Ruck kam er auf die Beine.

Der Kapitän erledigte seine Sache schnell und gut. Sein starker schottischer Akzent ließ die Zeremonie eindrucksvoller und verpflichtender erscheinen, als es ein Priester vermocht hätte. Die beiden sprachen ihm die Eheformel nach. Der Kapitän, soviel stand fest, mußte schon einige Paare vor ihnen getraut haben, denn er kam nicht ein einziges Mal ins Stokken.

Erst als er zu der Stelle kam, an der es hieß: »Und nun tauschen die Eheleute die Ringe«, zögerte er kurz. Da aber zog Rolfe den Siegelring vom kleinen Finger seiner linken Hand, den Zarina vorher gar nicht bemerkt hatte. Würde der Kapitän sich darüber wundern, daß sie die Eheringe versetzt hatten, wenn doch Rolfe noch diesen hier besaß? Doch als der Kaptiän den Ring sah, fuhr er mit unbewegtem Gesicht fort. Zum Schluß sprach er: »Kraft der mir von Ihrer Majestät Königin Victoria verliehenen Rechte und als Kapitän dieses Schiffes erkläre ich Sie hiermit zu Mann und Frau. Möge Gott diese Ehe segnen!«

Einen Moment lang herrschte Stille. Dann sagte Rolfe einfach: »Danke, Kapitän.«

»Wir sind Ihnen sehr dankbar«, fügte Zarina rasch hinzu.

»Wollen hoffen, daß Sie's in den kommenden Jahren auch noch sind«, erwiderte der Kapitän, wandte sich um und verließ die Kabine.

Rolfe wartete, bis er sicher sein konnte, daß ihn niemand hörte, und stellte fest:

»Jetzt stecken wir wirklich in der Tinte! Warum um alles in der Welt hast du ihm vorgeschlagen, uns zu trauen?«

»Weil ich Angst hatte, er würde uns von Bord schicken«, antwortete Zarina.

Rolfe stieß einen Laut der Verbitterung aus und ging zum Bullauge.

Er wandte ihr den Rücken zu, und Zarina fragte: »Wer außer uns wird denn schon wissen, was hier stattgefunden hat?«

»Was meinst du damit?« wollte Rolfe wissen.

»Der Kapitän kennt uns als Mr. und Mrs. Wood, und es ist doch höchst unwahrscheinlich, daß jemand uns, zwei Menschen auf einem solchen Frachter, mit dem Grafen und der Gräfin von Linwood in Verbindung bringt!«

Rolfe drehte sich um und fragte: »Was schlägst du also vor?«

»Ich schlage vor, daß wir die ganze Prozedur vergessen, sobald wir das Schiff verlassen.«

»Meinst du das ernst?« zweifelte er.

»Warum nicht?« gab Zarina zurück. »Keiner von

uns beiden hatte den Wunsch zu heiraten. Wir werden einfach so tun, als wäre gar nichts passiert.«

Als Rolfe nicht antwortete, fuhr sie fort: »Wenn wir erst einmal in Indien sind, wird sich niemand dafür interessieren, warum du Klöster in Nepal besuchst. Sobald es sicher genug für mich ist, fahre ich heim — als Zarina Bryden.«

»So einfach wird es nicht sein, da bin ich mir ganz sicher«, wandte Rolfe ein. »Wie der Kapitän schon sagte — die Zeremonie ist rechtens und verbindlich.«

»Na gut, wenn du unbedingt vor Gericht erscheinen willst, können wir unsere Ehe dort annullieren lassen«, seufzte Zarina. »Ich halte es aber für das Beste, die ganze Sache zu vergessen und so zu tun, als wäre sie nie passiert.«

»Das klingt einfacher, als es ist«, murmelte er. »Es wird für uns beide nicht leicht werden, die ganze Welt und jeden, der uns in Zukunft begegnet, zu belügen.«

»Laß uns diese Hürde nehmen, wenn es soweit ist«, bat Zarina. »Jedenfalls habe ich für die nächsten Jahre sowieso genug vom Heiraten!« Da Rolfe schwieg, fuhr sie fort: »In deinen Klöstern wirst du wohl kaum eine Frau finden, also wird sich in deinem Fall das Problem erst gar nicht ergeben, und das wohl für längere Zeit. Wenn doch, vergiß mich einfach.«

Rolfe gab immer noch keine Antwort, sondern starrte nur zum Bullauge hinaus. Zarina spürte, wie er sich förmlich dazu zwang, seinen Zorn über die ganze unleidliche Situation nicht herauszuschreien.

Sie fühlte sich beinahe wie auf einer Anklagebank und sagte leise: »Es . . . tut mir leid . . . so leid. Ich habe einen Fehler gemacht . . . aber ich hatte solche Angst, ich müßte zu Onkel Alexander zurück. Um ehrlich zu sein, ich habe es nicht . . . von deinem Standpunkt aus betrachtet.« Rolfe schwieg hartnäckig, und sie bat eindringlich: »Versuch es zu vergessen! Du wirst sehen, wenn ich dir nicht weiter zur Last falle, wird es einfacher sein, nicht mehr an all das zu denken.«

»Hoffentlich hast du recht«, murmelte Rolfe. »Trotzdem sitzen wir tiefer in der Tinte als zuvor. Ich brauche frische Luft! Hier drinnen eingesperrt kann ich keinen klaren Gedanken fassen!« Er verließ die Kabine und schlug die Tür hinter sich zu.

Zarina ließ sich erschöpft auf die Koje fallen. Sie wußte, daß Rolfe sich fühlte, als sei er in eine Falle getappt. »Aber was hätte ich anderes machen sollen?« fragte sie laut. Der Kapitän war ein eigensinniger Mann. Wenn sie sich nicht von ihm hätten trauen lassen, hätte er ihnen die Weiterreise auf seinem Schiff bestimmt verweigert, und sie wären ohne Zweifel an Land gesetzt worden.

Jetzt, da Rolfe wütend war, wollte sie am liebsten weinen. Es war schon schwer genug gewesen, ihn dazu zu bringen, in die Verlobung einzuwilligen. Eine Heirat war ihm gewiß ebensowenig in den Sinn gekommen wie ihr.

»Jedenfalls habe ich die Abtei für ihn gerettet«, sprach sie sich Mut zu. »Und ich bin von Onkel Alexander weggekommen. Eigentlich kein allzu hoher Preis.« Im selben Augenblick war ihr jedoch klar, daß Rolfe darüber anders dachte.

Eine halbe Stunde später, als die Glocke die Passagiere zum Mittagessen rief, betrat Rolfe wieder die Kabine. Fast ohne ein Wort und mit grimmiger Miene begleitete er Zarina in die Messe. Sie war außer den Kabinen der einzige Raum, in dem sich die Passagiere aufhalten konnten. Es war ein kreisrunder Saal ohne Bullaugen und Tageslicht. Zwei lange Tische waren für die Passagiere vorgesehen. Am Kopfende des einen thronte der Kapitän, am anderen der erste Offizier.

Das Essen wurde von mehreren dunkelhäutigen jungen Männern hereingetragen, die aus allen Ecken des Fernen Osten stammten. Sogar einige Chinesen waren unter ihnen. Sie stellten das Essen, das schon auf Tellern angerichtet war, auf den Tisch.

Es gab reichlich von diesem unappetitlichen Essen — eine Art Eintopf, wie Zarina feststellte. Dazu wurden große, harte Kartoffeln und Brot, von dem man sich einfach selbst etwas abbrach, serviert. Die Butter schmeckte leicht ranzig, dafür war der Käse genießbar. Das Brot wenigstens schmeckte noch frisch, aber mit jedem Tag ihrer Reise würde es trockener und ungenießbarer werden.

Seinen Durst konnte man vor allem mit Bier und einer sogenannten Limonade löschen, die wahrscheinlich niemals mit einer frischen Zitrone in Berührung gekommen war. Rolfe hatte sie vor dem Genuß von Wasser gewarnt.

»Es wird dir nicht gut bekommen«, hatte er Zarina erklärt, »denn die Fässer, in denen sie es aufbewahren, werden nicht einmal dann gereinigt, wenn das Schiff in einem Hafen vor Anker liegt.«

Zum Glück fanden sie bald heraus, daß man zu jeder Mahlzeit große Becher Tee oder Kaffee bekommen konnte.

Zwar war der Kaffee nicht besonders gut, aber der zweifelhaften Limonade war er in jedem Fall vorzuziehen.

Von der ersten Mahlzeit an bemerkte Zarina, wie sie von den anderen Passagieren angestarrt wurde. Rolfe plauderte mit einigen Engländern. Während sie mit ihm sprachen, fühlte sich Zarina von ihnen beobachtet, und das machte sie scheu. Obwohl sie ihr Haar zu einem schlichten Knoten zurückgebunden hatte, fiel es durch seine leuchtende Farbe auf. Auch daß ihr Kleid aus der Bond Street stammte, ließ sich unmöglich leugnen.

Einzig die indische Frau schien kein Interesse an ihr zu haben. Als sie nach dem Essen die Messe verließen, blieb Zarina bei ihr stehen und sagte: »Was für ein hübsches Baby! Ist es ein Junge oder ein Mädchen?«

Die Inderin verstand sie nicht. Ihr Mann erwiderte an ihrer Stelle: »Ein Mädchen, *Mem-sahib,* gerade zwei Wochen alt.«

»Ihr erstes Kind?« wollte Zarina wissen.

»Ja, *Mem-sahib,* nächste Mal Sohn.«

Zarina lachte. »Das sagen alle Männer.«

»*Mem-sahib* verstehen«, lächelte der Inder, »aber Frau glücklich mit kleine Mädchen.«

»Natürlich ist sie das.« Auch Zarina lächelte. »Ich wünsche Ihnen alles Gute.«

Der Inder verbeugte sich, und Zarina schloß sich wieder Rolfe an, der ein wenig abseits stehengeblieben war. Einen Moment lang dachte sie, er würde es ihr vielleicht übelnehmen, daß sie mit den anderen Passagieren sprach.

Doch er lächelte freundlich. »Obwohl die meisten von ihnen ganz passabel Englisch sprechen, werde ich dir am besten ein bißchen *Bengali* beibringen, wenn du mit den Indern reden möchtest.«

»Das wäre wundervoll!« freute sich Zarina. »Aber vielleicht wirst du mich ja nicht lange genug in Indien behalten wollen, um es auszuprobieren.«

»Noch eine Hürde, die wir nehmen werden, wenn es soweit ist«, gab Rolfe zur Antwort. Zuerst hielt sie es für eine Ausflucht, merkte jedoch dann, daß er sie nur necken wollte.

»Begleitest du mich an Deck?« bat sie ihn. »Ich möchte so gerne einen letzten Blick auf England werfen.«

»Aber natürlich«, stimmte Rolfe zu.

Das Schiff schwankte ein wenig, und sie hielt sich an seinem Arm fest. »Trotz allem«, sagte sie sanft, »was immer auch geschehen mag, es ist ein Abenteuer, an das wir uns immer erinnern werden.«

»Ein Abenteuer!« wiederholte er. »Zarina, da hast du recht! Ich hoffe nur, daß wir es nicht bereuen, unser Abenteuer.«

6

Es herrschte rauher Seegang im Golf von Biskaya. Obwohl Zarina nicht seekrank wurde, blieb sie lieber unter Deck, als auf dem Schiff herumzuspazieren. Sie konnte sich nichts Schlimmeres vorstellen, als sich einen Arm oder ein Bein zu brechen — und niemand an Bord konnte ihr helfen.

Rolfe ging häufiger auf die Brücke und konnte erstaunlicherweise Freundschaft mit dem Kapitän schließen. Rolfe beschrieb ihn Zarina als einen interessanten Menschen, der, kaum zu glauben, stolz auf sein Schiff war.

»Es wird sein einziger Besitz sein«, vermutete Zarina.

»Da bin ich mir ganz sicher«, bestätigte Rolfe. »Seit seinen Anfängen als Kabinensteward hatte er nur ein Lebensziel — ein eigenes Schiff.«

Als sie das Mittelmeer erreichten, strahlte die Sonne von einem wolkenlosen Himmel herunter, und die See bekam einen Blauton von der Farbe eines Madonnenumhangs. Nach den vielen Jahren, die Zarina mit ihrer Cousine Mildred in Italien verbracht hatte, kam es ihr wie eine Heimkehr vor. Um sich zu kräftigen, lief sie auf Deck hin und her, soweit es die Ladung zuließ.

Zu ihrer Freude begann Rolfe mit dem *Bengali*-Unterricht. Er war von ihren schnellen Fortschritten überrascht, bis sie ihm erklärte, warum ihr das Sprachenlernen so leicht fiel.

»Meine Cousine Mildred«, erzählte sie, »schickte

mich auf eine Schule, die von allen möglichen Adelsfamilien aus Italien und anderen Ländern unterhalten wurde!« Sie begann aufzuzählen: »Es gab Mädchen aus Frankreich, Deutschland, der Schweiz, Portugal und Spanien. Es war sehr unterhaltsam, einander kennenzulernen, und während sie versuchten, Englisch zu lernen, konnte ich mich mit ihren Sprachen beschäftigen.«

Rolfe lachte. »Dann mußt du ja eine Menge Sprachen beherrschen.«

»Ich freue mich, *Bengali* meiner Liste hinzufügen zu können«, erwiderte Zarina.

»Hätte ich doch nur ein paar Lehrbücher mitgenommen! Jetzt wirst du mit unserer Konversation vorliebnehmen müssen.«

»Nichts lieber als das«, antwortete Zarina. »Besonders wenn du mir erzählst, wo du überall gewesen bist und was du außer Manuskripten noch alles sammelst.«

»Wie kommst du darauf, daß ich noch etwas sammle?« wollte er verwundert wissen.

»Ich hatte so ein Gefühl, als würdest du dich nicht mit einer Sache zufriedengeben.«

Rolfe wußte zwar nicht genau, ob das als Kompliment gemeint war, aber trotzdem berichtete er ihr von den kostbaren Steinen, nach denen in seinem Auftrag in der Türkei und in Rußland geschürft wurde. Zarina erfuhr, daß er in Ägypten einigen Archäologen beim Öffnen von Pharaonengräbern zugeschaut hatte und daß er mit wenig Geld eine eigene kleine Sammlung zusammengetragen hatte, die er immer schon in der Abtei hatte unterbringen wollen.

»Wo bewahrst du sie denn jetzt auf?« fragte Zarina interessiert.

»Sie befindet sich noch in Indien«, antwortete er. »Ich habe sie bei meinem Freund, dem Maharadscha, gelassen, der sich ihrer annehmen wollte, bis ich sie nach Hause schicken kann.« Nach einem Moment des Schweigens fuhr er fort: »Ich hatte ja keine Ahnung, daß ich wegen Darcys Tod nach England zurück mußte. Von Kalkutta aus nahm ich das erstbeste Schiff nach Hause.«

»Nun können wir deine Schätze ja einsammeln«, schlug Zarina vor. Im gleichen Augenblick fragte sie sich, ob er das Wörtchen »wir« gehört hatte. Ob er wohl schon plante, wie er sie in Indien loswerden konnte?

Rolfe schwieg eine Weile und meinte dann: »Du wirst einsehen, daß wir, einmal in Indien angekommen, schwerlich erklären können, wie du ohne Anstandsdame dorthin gekommen bist.«

»Laß einmal deine Phantasie spielen«, spottete Zarina. »Auf dem Schiff, das uns nach Kalkutta brachte, waren selbstverständlich ein Geistlicher und seine Frau meine Anstandsbegleitung.«

Rolfe lachte. »Dir fällt auch immer etwas ein! Also werden wir die Inderin mit ihrem Baby — nur keine falsche Bescheidenheit — zur Frau eines, sagen wir einmal, Bischofs machen!«

Wenigstens hatte sie ihn zum Lachen gebracht, dachte Zarina, als er an Deck ging. Er schien ihr

117

auch nicht mehr zu grollen wie zu Beginn der Reise. Gemeinsam konnten sie über das Essen spotten, das immer schlechter wurde, oder über die Eigenheiten der anderen Passagiere.

Gegen bare Münze bekam man jeden nur erdenklichen Alkohol. Offensichtlich konnten sich die Engländer den nach Rolfes Meinung sündhaft teuren Whisky, Gin und Brandy leisten. Beim allabendlichen Dinner wurden sie jedesmal sehr laut. Zarina achtete stets darauf, daß sie und Rolfe am Nebentisch oder zumindest so weit wie möglich von ihnen entfernt zu sitzen kamen. Die Art, sie anzustarren und über sie Witze zu machen, mißfiel ihr sehr.

Als sie Alexandria erreichten, liefen sie den Hafen an, um frischen Proviant und Kohle an Bord zu nehmen. Zarina war von den Läden im Hafen entzückt. Sie erstand dort drei dünne Kleider, die sie spätestens am Sueskanal brauchen würde. In Ägypten war es jetzt sicher schon unerträglich heiß. Da sie sehr zierlich war, paßten die hübschen Kleider wie angegossen. Zwei waren aus Musselin, eins aus Baumwolle.

Rolfe überraschte sie mit einem kunstvoll bestickten marokkanischen Kaftan. Sie befürchtete zwar, ein solches Geschenk übersteige seine finanziellen Mittel, schwieg aber lieber, um ihn nicht zu verletzen, und bedankte sich überschwenglich.

Nachdem sie den Kaftan angezogen hatte, mußte sie zugeben, daß er ihr ausgezeichnet stand. Er hatte genau den Blauton ihrer Augen und betonte die Zartheit ihrer weißen Haut und das leuchtende Gold ihres Haars. Ihn an Bord zu tragen wäre ein Fehler gewesen, aber da sie Rolfe nicht enttäuschen wollte, trug sie ihn, wenn sie in einer ihrer Kabinen beieinander saßen.

Um die Kost an Bord zu ergänzen, hatten sie in Alexandria Nahrungsmittel eingekauft. Auch dafür bezahlte Rolfe. Sie brachten Obst, Kuchen, Kekse und herrliches Honigmandelkonfekt mit auf das Schiff.

Während sie den Sueskanal durchquerten, machte sich der kräftig steigende Alkoholgenuß der Engländer bemerkbar. Sie waren lauter als je zuvor. Zwar hatten es Rolfe und Zarina bisher bei einem »Guten Morgen« und »Schönen Abend« belassen, aber neuerdings suchten die Engländer engeren Kontakt. Zarina wurde den Verdacht nicht los, daß dies vor allem ihrer Person galt. Deshalb überließ sie Rolfe das Reden und beschränkte sich auf höfliches Zuhören.

Sie erreichten das Rote Meer. Eines Abends, als sie von einem Besuch an Deck zurückkamen, sahen Zarina und Rolfe, daß die Engländer sich schlimmer aufführten als sonst. Sie waren völlig betrunken und sangen Lieder. Zarina huschte eilig die Treppe zu den Kabinen hinunter, ängstlich darauf bedacht, ihnen nicht zu begegnen.

In ihrer Kabine schlüpfte sie in ein durchsichtiges, mit hübschen Spitzen besetztes Nachthemd und legte sich in ihre Koje. Selbst für eine leichte Decke war es zu heiß. Sie war schon beinahe eingeschlafen, da hörte sie Schritte vor ihrer Tür, und jemand klopfte. Das mußte Rolfe sein, und sie wunderte sich, was er jetzt noch wollte.

Doch dann raunte eine dumpfe Stimme: »Laß mich rein . . . du hübsches kleines Vögelchen!« Die Worte kamen undeutlich, so als habe der Sprecher eine ganze Menge getrunken.

Zarina drehte sich beruhigt um, weil sie, wie jede Nacht, die Tür abgeschlossen hatte.

Draußen drückte jemand die Klinke herunter. Als er merkte, daß die Tür verriegelt war, stemmte er sich, so fest er konnte, dagegen.

Zarina bekam es nun doch mit der Angst. Das Schiff war alt und nicht besonders stabil gebaut. Das Schloß konnte jeden Moment nachgeben, und der Mann würde in ihre Kabine eindringen. Immer heftiger stieß er gegen die Tür. Dann, als das Schloß zu halten schien, hörte sie ihn etwas von einem Schraubenzieher murmeln, den er holen wolle.

In wilder Furcht sprang Zarina aus ihrer Koje, streifte ihr Negligé über und schlüpfte in ihre weichen Pantöffelchen. Nur die Sterne leuchteten durch das Bullauge. Sie schlich zur Tür. Tatsächlich hatte sich das Schloß bereits ein wenig aus dem Holz gelöst. Mit einem Schraubenzieher und etwas mehr Kraft würde sich der Mann bei seiner Rückkehr mit Leichtigkeit Zutritt zu ihrer Kabine verschaffen können.

Sie horchte, um sicherzugehen, daß er nicht mehr draußen war, und öffnete die Tür. Dann lief sie zu Rolfes Kabine hinüber und drückte die Klinke herunter. Erleichtert stellte sie fest, daß seine Tür unverschlossen war.

Rolfe lag in seiner Koje und las beim Licht einer Lampe, die von der Decke herabhing, in einer Zeitung. Überrascht blickte er zu ihr auf. »Zarina!« rief er. »Was ist geschehen? Was ist mit dir?«

»Ein . . . ein Mann versucht, in meine Kabine einzudringen«, stammelte sie.

»Einer dieser betrunkenen Engländer, nehme ich an«, meinte Rolfe ruhig.

»Ich . . . ich habe . . . solche Angst, das Schloß hält nicht.«

Rolfe sah an der Furcht in ihren Augen und hörte an ihrer Stimme, welche Ängste sie ausgestanden hatte.

»Dreh dich um!« befahl er. »Ich stehe auf und kümmere mich um ihn.«

Zarina trat ans Bullauge und betrachtete den Sternenhimmel. Sie hörte, wie Rolfe aufstand, und wußte, daß er sich anzog.

»Es wäre . . . ein Fehler, jetzt . . . Alarm zu schlagen«, sagte sie leise. »Bis Indien haben wir noch einen weiten Weg vor uns.«

Rolfe überlegte einen Moment, dann nickte er. »Du hast recht. Es wäre vernünftiger, die Sache auf sich beruhen zu lassen. Du kannst dich wieder umdrehen.«

Als Zarina sich umwandte, trug Rolfe Hemd und Hose. Er schaute sie an. Ihr langes, weiches Haar fiel über die Schulter, und das dünne Negligé verbarg kaum die weichen Formen ihres Körpers.

»Mit einer schönen Frau gibt es doch immer Ärger«, stellte er fest. Wie er es sagte, klang es verächtlich.

»Es . . . es tut mir leid, ich wäre wirklich nicht . . .

zu dir gekommen, wenn ich nicht solche . . . Angst gehabt hätte«, flüsterte Zarina unglücklich.

»Natürlich hattest du Angst«, entgegnete Rolfe. »So, wie du aussiehst, hast du kein Recht, auf diesem Schiff zu sein.«

Sie wußte, daß er ihr wieder einmal ihr Vermögen verübelte. Mit einem verzagten Blick sah sie ihn an.

Rolfe zuckte die Achseln. »Du hast keinen Grund mehr, beunruhigt zu sein, und ich keinen, dem Kerl den Schädel einzuschlagen, obwohl ich nicht übel Lust dazu hätte. Also, leg dich in meine Koje, und ich nehme die darüber.«

»A . . . aber das geht doch nicht!« wandte Zarina verlegen ein.

»Warum nicht?« fragte Rolfe, und seine Augen funkelten plötzlich belustigt.

»Weil du . . . es sonst nicht bequem hättest.«

Er hatte gedacht, sie würde etwas anderes sagen, und lächelte.

»Ich habe in der Vergangenheit an recht merkwürdigen und ungastlichen Plätzen mein Nachtlager aufgeschlagen, zum Beispiel in der Höhle eines wilden Tieres. Einmal, als nichts Besseres zu finden war, auch in einem Straßengraben«, beruhigte er Zarina.

Er hatte erreicht, daß Zarina wieder lachte.

»Ein wenig komfortabler wird es heute nacht schon sein«, meinte sie.

»Du wirst aber auch hier in Gefahr schweben«, neckte er sie, »denn falls die Kojen so miserabel gebaut sind wie der Rest, falle ich dir vielleicht auf den Kopf.«

»Dann schlafe ich doch lieber oben und du unten«, schlug sie vor.

»Nichts da!« entschied Rolfe. »Rein mit dir da unten! Und dann möchte ich keinen Ton mehr hören!«

»Entschuldige, daß ich eine solche Plage für dich bin«, flüsterte Zarina.

»Waren Frauen jemals etwas anderes?« entgegnete Rolfe. Doch seine weiche Stimme strafte seine rauhen Worte Lüge. Offenbar war er nicht mehr verärgert.

Zarina verbrachte eine überraschend friedliche Nacht. Als sie am Morgen erwachte, war Rolfe schon angezogen. »Oh, du bist schon auf!« rief sie.

»Ich habe mir den Schaden an deiner Tür angesehen«, erklärte Rolfe. »Dein glühender Verehrer hat sich offenbar Eintritt verschaffen können. Als er die Kabine leer vorfand, war er wohl sehr enttäuscht.«

»Hat er das Schloß zerbrochen?« fragte Zarina ängstlich.

Rolfe nickte. »Ja, wir müssen es vor heute nacht reparieren lassen.«

Zarina schlug die Augen nieder. Repariert oder nicht, sie würde sich vor dem Alleinsein fürchten. Wer immer der Eindringling auch war, er würde es gewiß wieder versuchen, sich ihr zu nähern.

Als würde Rolfe ihre Gedanken erraten, sagte er: »Vielleicht ist es klüger, hierzubleiben. Dann bleibt es dir wenigstens erspart, diesem Abschaum Londons zu begegnen, der sich im Ausland immer so gräßlich aufführt.«

Zarina konnte seinen Ärger zwar nur zu gut verstehen, hielt jedoch eine Auseinandersetzung mit den Engländern für einen Fehler. Das Wichtigste war immer noch, daß man keine Notiz von ihnen nahm. Niemand sollte über sie tuscheln können, sobald sie das Schiff verlassen hatten.

»Eine gute Idee!« stimmte sie ihm hastig zu. »Wenn es dir nichts ausmacht, schlafe ich hier und werde so wohl in Sicherheit sein. Daß der Kapitän es erlaubt, wissen wir ja jetzt.«

Rolfe lachte. »Wie beruhigend!«

Solange sie im Roten Meer kreuzten, begab sich Zarina nur frühmorgens und spätabends an Deck. Die restliche Zeit verbrachte sie in einer ihrer Kabinen.

Sie nahm weiter *Bengali*-Stunden und konnte Rolfe dazu überreden, ihr mehr von seinen Abenteuern zu berichten. »Du solltest ein Buch darüber schreiben«, schlug sie eines Abends vor. »Deine Geschichten begeistern mich ungemein, und ich bin sicher, daß es vielen anderen Menschen ebenso gehen würde.«

»Kein schlechter Gedanke«, sagte Rolfe bedächtig. »Allerdings frage ich mich, ob sich tatsächlich irgend jemand in England für den entfernteren Rest der Welt interessiert.«

»Vielleicht wollen die meisten einfach ihre komfortablen Wohnungen nicht verlassen«, überlegte Zarina laut. »Aber auf Reisen in ihren Köpfen haben sie bestimmt Lust. Und die kannst du ihnen doch verschaffen.«

»Zumindest werde ich darüber nachdenken«, erwiderte Rolfe. »Zunächst aber muß ich meinem Erfahrungsschatz noch einige Abenteuer einverleiben.«

Zarinas Mut sank. Er wollte also noch immer nach Nepal. Vielleicht würde er sogar nach Tibet weiterreisen. Dann wäre klar, daß er sie nicht bei sich haben wollte. Darüber hinaus war sich Zarina ziemlich sicher, daß er sich ihre Anwesenheit gar nicht leisten konnte.

Was kann ich nur tun? fragte sie sich. Was kann ich nur tun, um ihn davon zu überzeugen, daß ich unentbehrlich für ihn bin? Mit einemmal wurde ihr bewußt, daß sie bei ihm sein wollte, egal wie ablehnend er sich verhielt. Bei Rolfe fühlte sie sich geborgen, und die Gespräche mit ihm hatten etwas sehr Aufregendes. Warum konnte sie nicht erklären. Jedenfalls war es ein anderes Gefühl als bei all den Männern, die sie in London umschwirrt und um ihre Hand angehalten hatten.

»Ich möchte bei ihm sein, ich möchte bei ihm bleiben«, flüsterte sie verwirrt vor sich hin, als sie später in ihrer Koje las und Rolfe noch einmal kurz an Deck gegangen war. In dieser Nacht konnte sie lange keinen Schlaf finden.

Die Tage vergingen, und Zarina begann zu wünschen, das Schiff würde langsamer vorankommen und Kalkutta nie erreichen. Rolfe wußte noch immer nicht, was er nach ihrer Ankunft tun würde. Wahrscheinlich suchte er gleich nach dem Eintreffen jemanden, mit dem sie nach England zurückkehren konnte.

Es ist noch zu früh, und Onkel Alexander wird kaum davon überzeugt sein, daß ich den Herzog nicht heiraten werde. Wenn ich ohne Rolfe zurückkehre, wird er darauf bestehen, die Verlobung zu lösen, grübelte Zarina.

Vor lauter Angst, Rolfe könnte sie nach Hause schicken, wagte sie nicht, ihn nach seinen Plänen zu fragen. Wie konnte sie ihn davon abhalten, sie zu verlassen? Es blieb ihr nichts anderes übrig, als inständig zu hoffen, Rolfe würde sie noch eine Weile bei sich dulden.

Rolfe hielt sich an Deck auf, um sich Bewegung zu verschaffen. Die Sonne versank gerade im Meer. Den ganzen Tag über war es unerträglich heiß gewesen, und Zarina war zu kraftlos, ihm Gesellschaft zu leisten.

»Ich bleibe lieber hier unten«, hatte sie gemeint, als er aufgestanden war, »aber . . . bleib bitte nicht zu lange.«

»Wenn du nervös bist, schließ einfach die Tür ab«, hatte er ihr geraten.

»So betrunken werden sie um diese Zeit wohl noch nicht sein.«

Beinahe jeden Abend um die Essenszeit wurden die Engländer schrecklich laut. Trotzdem nahm Zarina nicht an, daß sie es noch einmal versuchen würden, in ihre Kabine einzudringen.

Nachdem Rolfe vom Spazieren auf Deck genug hatte, wechselte er ein paar Worte mit dem Kapitän. »Kein Windhauch, im Moment«, begann er.

»Stimmt.« Der Kapitän nickte. »Wir haben mächtiges Glück, daß noch keiner an Bord im Fieber liegt. Passiert sonst immer, wenn's so heiß ist und keine Brise geht. Und 'nen Doktor haben wir auch nicht an Bord.«

Rolfe hatte diese Fahrt oft genug mitgemacht, um zu wissen, daß der Kapitän die Wahrheit sagte. Bei einer für das Rote Meer so ungewöhnlichen Hitze bestand die große Wahrscheinlichkeit, daß eines der gefährlichen orientalischen Fieber ausbrach.

Zarina würde ihn gewiß vermissen, und so blieb Rolfe nicht länger auf der Brücke. Als er in die Kabine zurückkehrte, sah er Zarina zu seiner Überraschung mit einem Kind im Arm auf dem Stuhl sitzen.

»Ich bin froh, daß du kommst«, sagte sie. »Ich brauche deine Hilfe.«

»Warum ist das Baby hier?« wollte Rolfe wissen. Es war das Kind der indischen Frau.

»Seine Mutter ist krank, und weil ich die einzige andere Frau an Bord bin, brachte der Vater es zu mir.«

»Und was glaubt er, sollst du tun?« fragte Rolfe.

Zarina lächelte ihn an. »Ich muß einen Weg finden, die Kleine zu füttern«, gab sie zur Antwort. »Ihre Mutter ist zu krank, und ich brauche wohl nicht erst zu betonen, daß sich kein Babyfläschchen an Bord befindet.«

»Was schlägst du also vor?«

»Ich habe den Steward bereits gebeten, mir Milchpulver und Wasser zu bringen. Es ist zwar nicht besonders appetitanregend, aber fülle bitte den Handschuh damit, der dort drüben auf der Kommode liegt.«

»Den Handschuh?« Rolfe machte ein erstauntes Gesicht.

»Ich habe eine kleine Öffnung in einen der Finger gemacht. Hoffentlich versteht die Kleine, daß sie daran saugen muß.«

»Das war wirklich sehr klug von dir«, sagte Rolfe bewundernd.

»Meine Mutter erzählte mir irgendwann einmal, daß sie das bei einem arabischen Säugling gemacht habe, als sie mit Papa auf Reisen war.«

Wie sie es ihm aufgetragen hatte, füllte Rolfe einen Finger des Handschuhs vorsichtig mit Milch. Zuerst konnte das Baby nichts damit anfangen. Als dann ein wenig Milch aus der Öffnung tropfte, begann die Kleine kraftlos zu nuckeln. So bekam sie immerhin ein bißchen Nahrung.

Es dauerte eine Weile, bis Zarina fand, sie habe genug.

Danach tropfte sie dem Säugling etwas Honig auf die winzige Zunge, den das Kind begierig aufnahm. Schließlich legte sie die Kleine behutsam in ihre Koje.

»Langsam ist die Kabine überbelegt«, gab Rolfe zu bedenken. »Ich frage mich gerade, wo du eigentlich noch schlafen willst.«

»Sie kann bei mir schlafen«, sagte Zarina. »Sie ist noch so klein und braucht nur wenig Platz.«

»Was ist mit der Mutter?« fragte Rolfe.

»Ihr Mann glaubt, sie habe Fieber und sei zu schwach, sich auch nur zu rühren.«

Rolfe sah beunruhigt aus. »Ich kann nur hoffen, daß es nicht stimmt«, murmelte er. »Der Kapitän hat sich gerade dazu gratuliert, daß er trotz dieser Hitze kein Fieber an Bord hat.«

»Dann sag' ihm nichts«, bat ihn Zarina. »Ich habe den Eindruck, der Inder möchte nicht, daß jemand von der Krankheit seiner Frau erfährt.«

Seit sie ein bißchen *Bengali* gelernt hatte, war sie beim Essen mit dem indischen Ehepaar öfters ins Gespräch gekommen. Es hatte ihr Freude bereitet, zu sehen, daß sie verstanden wurde und daß sie auch die Antworten verstand.

»Mein *Bengali* wird immer besser«, hatte sie noch vor zwei Tagen zu Rolfe gesagt. Sie fragte sich allerdings, ob sie oft die Möglichkeit haben würde, es anzuwenden, wenn sie erst einmal in Indien angekommen waren. Wenn Rolfe sie nach England zurückschickte, wären alle Anstrengungen, diese Sprache so schnell wie möglich zu lernen, umsonst gewesen. Aus Angst vor seiner Antwort hatte sie ihn immer noch nicht nach seinen Plänen gefragt.

In dieser Nacht schlief das Baby friedlich neben ihr. Am nächsten Morgen bedankte sich der Vater überschwenglich.

»*Mem-sahib* sehr freundlich«, sagte er.

»Wie geht es Ihrer Frau?« wollte Zarina wissen.

Er schüttelte traurig den Kopf. »Sehr, sehr schlecht«, gestand er, »aber besser nicht Kapitän sagen — sehr böse, wenn Leute krank.«

Als er gegangen war, fragte Zarina Rolfe: »Glaubst du, ich sollte einmal nach der Mutter der Kleinen sehen? Vielleicht kann ich ja irgend etwas für sie tun.«

»Kommt nicht in Frage!« Rolfe schaute sie entsetzt an. »Du mußt mir versprechen, Zarina, nicht in ihre Nähe zu gehen, sonst werde ich sehr böse mit dir sein.«

»Wir sind nur zwei Frauen auf diesem Schiff, und ich habe das Gefühl, ich sollte alles tun, um ihr zu helfen.«

»Wenn es das Fieber ist, was ich vermute«, gab Rolfe zurück, »kann niemand etwas für sie tun, bis wir in Kalkutta sind. Du hilfst ihr doch schon, indem du dich um ihr Kind kümmerst!«

Der Säugling schrie und fand keine Ruhe. Später verweigerte die Kleine sogar die Milch, so sehr Zarina sich auch bemühte, sie zum Trinken zu bewegen. Das einzige, was sie beruhigen konnte, war, daß Zarina sie im Arm wiegte und in der engen und stickigen Kabine mit ihr auf und ab ging. Aus Angst, der Kapitän könnte sich über die Kleine auf ihrem Arm wundern und sich nach der Mutter erkundigen, wagte sie nicht, mit dem Baby nach draußen zu gehen.

Der Inder hatte noch einmal eindringlich wiederholt, daß der Kapitän nichts von der Krankheit seiner Frau erfahren dürfe.

»Morgen sind wir in Kalkutta«, hatte Rolfe erleichtert geseufzt. »Dann können Sie Ihre Frau endlich zu einem Arzt bringen.«

Zwar hatte der Mann genickt, aber Zarina konnte sich des Eindrucks nicht erwehren, daß er gänzlich anderer Meinung war.

Sie war völlig damit beschäftigt, das Kind zu beruhigen, deshalb ging Rolfe zunächst an Deck und dann auf die Brücke.

Später als gewöhnlich kehrte er zur Kabine zurück, denn Zarina würde es dem Baby erst noch in ihrer Koje bequem machen, bevor sie zum Essen gingen. Als er die Tür öffnete, dachte er, die Kabine sei leer. Da bemerkte er Zarina, die mit der Kleinen im Arm in ihrer Koje lag. Er ging näher heran und sah: Das Kind war tot.

Er blickte auf Zarinas geschlossene Augen, und einen Moment lang dachte er entsetzt, auch sie sei tot.

7

Zarina wachte auf und traute ihren Augen nicht. Träumte sie? Das Zimmer, in dem sie lag, war riesig und mit erlesenem Geschmack möbliert. An der Decke drehten sich Ventilatoren. Durch ein großes Fenster konnte sie Bäume erkennen. Wo war sie nur?

Eine Inderin saß neben ihr, hob sanft Zarinas Kopf, so daß sie trinken konnte. Mit einem köstlichen Saft aus Mangos und Limonen löschte sie ihren Durst. Behutsam half ihr die Frau zurück in die Kissen.

»Wo . . wo . . . bin ich?« brachte Zarina mühsam hervor.

»Wenn sprechen, *Mem-sahib,* bald gesund«, lautete die Antwort. Die Frau eilte aus dem Zimmer, wahrscheinlich um jemanden zu holen.

Wo . . . bin ich? Was geht hier vor? überlegte Zarina. Sie versuchte, sich zu erinnern, aber alles, woran sie denken konnte, war Rolfe. Wo steckte er, und warum war er nicht bei ihr?

Die indische Frau kam mit einem älteren Mann zurück, der sofort Zarinas Puls fühlte. Vermutlich war er Arzt.

»Wie fühlen Sie sich?« fragte er sie freundlich.

»Wie . . . was . . . fehlt mir denn?« wollte Zarina wissen.

»Sie hatten das, was wir ,Fünf-Tage-Fieber' nennen«, erklärte ihr der Arzt.

»Ein Fieber?« murmelte Zarina.

»Ihre Temperatur war sehr hoch, und Sie waren fast die ganze Zeit über bewußtlos«, berichtete der Arzt weiter. »Was Sie jetzt brauchen, ist Ruhe.«

»Aber wo bin ich denn überhaupt?« gelang es ihr zu fragen.

»Sie sind im Haus des Vizekönigs«, klärte der Arzt sie auf. »Ich gestatte mir, Ihnen zu sagen, daß ich sehr stolz darauf bin, meine Patientin so bezaubernd vorzufinden, nach allem, was Sie durchgemacht haben.«

Dankbar für sein Kompliment lächelte Zarina ihm zu.

Der Arzt wechselte ein paar Worte auf *Bengal-*

mit der Frau, und Zarina verstand: Man solle seiner Patientin soviel wie möglich zu essen und zu trinken geben. Er beendete seine Ausführungen mit den Worten: »In vierundzwanzig Stunden wird sie wieder auf den Beinen sein. Das Fieber ist verschwunden.«

Die Inderin nickte mit dem Kopf und begleitete jede seiner Anordnungen mit einem gehorsamen »Ja, *Sahib*!«

Der Arzt wandte sich wieder an Zarina. »Essen und trinken Sie reichlich. Am Nachmittag schaue ich noch einmal bei Ihnen herein.« An der Tür drehte er sich um und lächelte. »Bald können Sie Ihrem Gatten wieder Gesellschaft leisten.«

Noch bevor ihn Zarina fragen konnte, wann Rolfe nach ihr sehen würde, war der Arzt verschwunden.

Auch ihre Pflegerin verließ das Zimmer. Zarina war wieder allein. Ihr Kopf fühlte sich an, als sei er mit Holzwolle ausgestopft, und es fiel ihr schwer, einen klaren Gedanken zu fassen. Sie erinnerte sich an das Schiff, an das Baby natürlich, das sie hatte füttern wollen, und an Rolfe.

»Ich . . . will . . . zu ihm«, murmelte sie kraftlos. Er würde sie wieder stark machen.

Wenig später kehrte die Inderin mit einem Tablett zurück. Eigentlich hatte Zarina keinen Appetit, aber nachdem sie von den Speisen probiert hatte, bekam sie richtige Lust zu essen. Alles schmeckte köstlich und war mundgerecht für sie zerkleinert.

Nach dem Essen fühlte sie sich gleich kräftiger und wollte nach Rolfe fragen. Wenn er nun aber erklärt hatte, sie seien nur verlobt, so wie sie es in England ausgemacht hatten, dann würde man es für unschicklich halten, wenn er ihr Schlafzimmer beträte. Ich muß ihn sehen, dachte sie verzweifelt. Ich muß einfach!

Dann fiel es ihr plötzlich wieder ein. Hatte der Arzt nicht von »Ihrem Gatten« gesprochen? Sollte Rolfe sie tatsächlich als seine Frau bezeichnet haben? Langsam kehrten ihre Gedanken zu ihrer Schiffshochzeit zurück. Sie hatte ihm versprochen, er könne alles vergessen, sobald sie in Indien wären. Sie grübelte aufgeregt weiter.

Wegen ihrer Krankheit hatte er sich gezwungen gesehen, im Haus des Vizekönigs zu bleiben. Eigentlich hatte er dort ja nur seine Post abholen wollen. Nun hatte er wohl keine andere Wahl gehabt, als zuzugeben, daß sie Mann und Frau waren.

Er wird entsetzlich . . . böse sein, dachte Zarina und fröstelte. Sie hatte geglaubt, daß diese merkwürdige, wegen eines »gottesfürchtigen« Kapitäns geschlossene Ehe bald vergessen wäre. Jetzt hatte Rolfe verkündet, sie sei seine Frau, und sie waren ausgerechnet im Haus des Vizekönigs gelandet!

»Ich verstehe . . . das alles nicht«, flüsterte sie bedrückt.

Es war so beschämend, daran zu denken, wie ihre Krankheit all seine Pläne zunichte gemacht hatte. Für Rolfe würde es schwer werden, wieder frei zu sein. Er würde sie dafür hassen, daß sie ihn in eine solche Falle gelockt hatte.

Ihre Pflegerin kam nach dem Abräumen noch

einmal zurück und zog die Sonnenblende etwas tiefer. Dann erklärte sie: »*Mem-sahib*, Bad nehmen, dann besser fühlen.«

»Das wäre schön.« Zarina lächelte dankbar.

Einige Frauen brachten eine Wanne ins Zimmer und füllten sie mit Wasser, das sie mit Mandelblüten parfümierten. Man ließ es ihr an nichts fehlen, und Zarina fühlte sich beim Baden fast wie zu Hause. Danach packte man sie in ein großes englisches Frottiertuch und half ihr beim Abtrocknen. Zarina schlüpfte in eines ihrer Nachthemden und legte sich wieder ins Bett.

Während des Badens, das sie zwar genossen, aber doch sehr ermüdet hatte, waren Laken und Kissenbezüge gewechselt worden. Sobald sie wieder in dem angenehm kühlen Leinen lag, fielen Zarina die Augen zu.

Eigentlich hatte sie nicht wieder einschlafen wollen, aber als sie erwachte, waren wohl etliche Stunden vergangen. Sie spürte es an der Luft, die trotz der Ventilatoren sehr stickig geworden war.

Als sie Zarina aufwachen sah, holte die Inderin rasch neue Speisen. Es war wohl um die Mittagszeit herum. Nachdem Zarina von allem gekostet hatte, mußte sie daran denken, wie gänzlich anders die Mahlzeiten an Bord des Schiffes gewesen waren.

Und immer noch keine Spur von Rolfe. Aus Angst, etwas Falsches zu sagen, wagte sie nicht, sich nach ihm zu erkundigen.

Die Pflegerin nahm ihr auch diesmal das Tablett mit den Resten ab und zog die Sonnenblenden herunter. »*Mem-sahib,* schlafen!« sagte sie. »Alle jetzt schlafen.«

Zarina nickte lächelnd. Rolfe hatte ihr davon erzählt, daß in Indien nach dem Mittagessen alle Betriebsamkeit ruhte. Selbst die Einheimischen legten bei dieser drückenden Hitze die Beine hoch.

Weil sie aber so lange geschlafen hatte, war sie überhaupt nicht mehr müde. Nachdem sich die indische Frau zurückgezogen hatte, betrachtete Zarina ihr luxuriöses Schlafgemach. Hier war es so ganz anders als in den engen Kabinen mit ihren schmalen Kojen.

Ihr Bett hatte gewaltige Ausmaße. Eine goldfarbene Blütenkrone war am Himmel befestigt, von dem weiße gekräuselte Musselinvorhänge herabfielen. Auf jeder Seite wurden sie von einem zierlichen goldenen Amor aufgefangen.

Das Sinnbild der Liebe, dachte sie.

In diesem Moment wurde die Tür geöffnet. Sie wollte sich schon wundern, warum die Pflegerin zurückgekommen war, aber dann begann ihr Herz laut zu klopfen. Es war Rolfe.

Mit einem Freudenschrei richtete sie sich auf. »O Rolfe!« rief sie. »Ich habe mich so . . . nach dir gesehnt!« Ohne nachzudenken, hatte sie ihm ihre Gefühle offenbart.

Er trat auf sie zu, und sie betrachtete ihn aufmerksam. Er trug einen dünnen weißen Leinenmorgenmantel und sah noch besser aus als in ihrer Erinnerung.

An ihrem Bett angekommen, schaute er auf sie

hinunter und sagte leise: »Mir wurde berichtet, es ginge dir schon viel besser. Der Arzt sprach sogar davon, daß du bald wieder gesund wärst.«

»Wie konnte ich mir nur dieses Fieber holen und alles so . . . durcheinander bringen?« entschuldigte sich Zarina. »Es tut mir leid, ich bin eine solche Plage.«

»Das Baby hat dich angesteckt«, erklärte Rolfe, »oder möglicherweise die Mutter.«

»Das Baby!« entfuhr es Zarina. »Geht es ihm gut?«

Rolfe nahm ihre Hand in seine. »Es ist gestorben.«

»Oh . . . nein!« rief sie. »Die arme Kleine. Ich habe so versucht, sie am Leben zu halten!«

»Das hast du wirklich«, antwortete Rolfe mit warmer Stimme. Tränen liefen über Zarinas Wangen. »Um Gottes wissen, Liebling, wein doch nicht! Wir werden sicher bald ein eigenes Kind haben.«

Zarina starrte ihn einen Augenblick lang aus großen, ungläubigen Augen an. Mit fast unhörbarer Stimme fragte sie: »Was . . . was hast du da gesagt?«

»Ich habe dir so viel zu erzählen«, erwiderte Rolfe sanft. »Doch zuerst, mein Liebes, mußt du mir vergeben.«

Das Zimmer um sie herum schien sich zu drehen. »Ich . . . ich verstehe nicht«, flüsterte sie.

»Ich habe mich wieder und wieder gefragt, wie ich nur so grausam und dumm sein konnte, dich an Bord dieses Schiffes zu bringen.«

»Was war falsch daran?« wollte sie wissen.

»Einfach alles. Es war ein entsetzlicher Fehler, dich etwas derart Gräßlichem auszusetzen.«

»Aber . . . bei dir war ich doch in Sicherheit.«

Rolfe lächelte. »Ich habe alles falsch gemacht. Wenn du wüßtest, wie ich gelitten habe, würdest du kaum von Sicherheit sprechen.« Zarina sah ihn bestürzt an. »Die Qualen, die es mir bereitet hat, als du in meine Kabine kamst, mein Liebling, bei mir schliefst und später noch das Baby zu dir nahmst — nie wieder könnte ich sie ertragen.«

»Ich hatte solche Angst, die Kleine würde dich stören«, sagte Zarina.

»Nicht die Kleine hat mich gestört, du warst es!« gestand Rolfe. Zarina schaute vollends verwirrt, sie verstand immer noch nicht, und Rolfe erklärte: »Schon daheim in England hatte ich mich in dich verliebt, aber ich beschloß, es dich nicht spüren zu lassen. Sobald ich dich vor deinem Onkel und dem Herzog in Sicherheit gebracht haben würde, wollte ich fortgehen und versuchen, dich zu vergessen.«

»Genau das hatte ich befürchtet«, murmelte Zarina.

»Ich wollte es wirklich tun«, bekräftigte Rolfe, »bis ich erkannte, daß du meine Liebe erwiderst.«

Ihre Blicke trafen sich, und Zarina errötete. Mit einemmal wurde ihr bewußt, daß es Liebe gewesen war, was sie die ganze Zeit über für Rolfe empfunden hatte. Sie begehrte ihn, sie wollte bei ihm sein, und der Gedanke, er könne sie verlassen, hatte sie deswegen zutiefst erschreckt.

Natürlich war es Liebe! Und es war ihr nie zu Bewußtsein gekommen. Ihre einzige Sorge war gewesen, er könne möglicherweise zornig auf sie sein.

»Woran hast du gemerkt, daß ich . . . dich liebe?« fragte sie mit zarter Stimme.

»Als ich das Fieber bei dir feststellte«, berichtete Rolfe, »konnte ich nichts anderes tun, als deine Temperatur so niedrig wie möglich zu halten. Also legte ich dir kalte Tücher auf die Stirn und bat den Kapitän, Kontakt mit dem Vizekönig aufzunehmen.«

»Sicher war der Kapitän einigermaßen überrascht von deinen Verbindungen«, lächelte Zarina.

»Als er hörte, wer ich bin«, antwortete Rolfe, »war er in der Tat beeindruckt. Die Hauptsache aber war, dich dorthin zu bringen, wo man dich angemessen behandeln konnte.«

»Also brachtest du mich hierher«, ergänzte Zarina. »Aber wie konntest du wissen, daß ich dich liebe?«

»Nachdem wir im Hafen angelegt hatten, wo wir dich auf einer Bahre aus der Kabine tragen mußten, hörtest du nicht auf, vor dich hin zu murmeln: ›Bitte, lieber Gott, laß nicht zu, daß er mich wegschickt. Laß mich bitte bei ihm bleiben. Ich liebe ihn!‹« Mit bewegter Stimme hatte er ihre Worte wiederholt.

Zarinas Augen flackerten, und ihre Wangen färbten sich rot. »Das muß dir sehr . . . peinlich gewesen sein«, flüsterte sie.

»Im Gegenteil, ich fühlte mich, als könne ich Berge versetzen«, berichtigte Rolfe sie. »Ich habe dich die ganze Zeit über geliebt, während du behauptet hast, unser Eheversprechen habe für dich keine Bedeutung.« Er machte eine kurze Pause.

»Ich begehre dich, Zarina — mehr als irgendeine andere Frau je zuvor!«

»O Rolfe, ist das wahr?«

Zarina richtete sich auf, und Rolfe nahm sie in seine Arme. Als habe er Angst, sie zu verletzen, küßte er Zarina vorsichtig auf die zitternden Lippen.

Ihr war, als glitte sie mitten in die Sonne hinein und ein strahlend goldenes Licht würde sie beide umhüllen. Noch nie hatte ein Mann sie geküßt, und es versetzte sie nun in einen wahren Taumel. So hatte sie sich den Kuß des geliebten Mannes immer erträumt!

Als er ihre bebenden Lippen an den seinen spürte, wurden seine Küsse leidenschaftlich und besitzergreifend. Schließlich löste er sich von ihr und sagte in einem Ton, den Zarina noch nicht kannte: »Es ist Zeit für die Mittagsruhe, mein Liebling. Ich werde bei dir ruhen. Schließlich sind wir verheiratet!«

Zarina brauchte nicht zu antworten. Er konnte ihre Gefühle in ihrem strahlenden Gesicht lesen und in ihren Augen, die wie zwei Sterne tanzten. Er legte seinen Morgenmantel ab, schlüpfte zu ihr ins Bett und zog sie an sich.

»Ich liebe dich, Zarina. Ich liebe dich so sehr, daß ich an nichts anderes mehr denken kann.«

»Ich habe geglaubt, du seist . . . wegen meines Geldes böse auf mich. Spielt mein Reichtum keine Rolle mehr?« Sie mußte die Wahrheit hören, auch wenn es ihr schwerfiel, danach zu fragen.

Einen Augenblick lang schwieg Rolfe, und Zarina fuhr hastig fort: »Du kannst das Geld . . . verschenken, wenn du willst, werde es los . . . alles, solange du nicht aufhörst . . . mich zu lieben.«

Rolfe ließ ein fröhliches Lachen hören. »An so etwas kannst auch nur du denken«, sagte er. »Natürlich werde ich nie aufhören, dich zu lieben.«

Dann küßte er sie wieder und wieder, bis Zarina vor Erstaunen über dieses ungeahnte Glück zu zerspringen glaubte.

Schließlich löste sich Rolfe zu ihrer Überraschung von ihr und legte sich ruhig neben sie. »Du warst sehr krank, mein kleiner Liebling«, murmelte er. »Du mußt dich jetzt ausruhen.«

Seine Stimme klang fremd, und Zarina schluchzte auf. »Ich . . . ich will mich nicht ausruhen!« brach es aus ihr heraus. »Ich will bei dir sein, ich will, daß du mich küßt. O Rolfe . . . hör nicht auf, mich zu lieben!«

»Niemals!« beruhigte er sie. »Aber ich möchte dich nicht durcheinanderbringen. Ich begehre dich, mein Liebes, ich werde noch verrückt vor Sehnsucht, ich will dich, und doch muß ich versuchen, auch an dich zu denken.«

»Ich . . . will dich auch«, flüsterte Zarina. »Bitte, hör nicht auf, mich zu lieben! Es ist so . . . herrlich, so unvorstellbar herrlich.«

Sie küßten sich wieder. Und dann führte Rolfe sie in ein Paradies, das nur ihnen beiden gehörte.

Das Zimmer erstrahlte im Glanz ihrer Liebe.

Ein geradezu überirdisches Licht durchdrang sie

mit einemmal, so als hätten sie die Menschen weit hinter sich gelassen und wären eins geworden mit den Göttern.

Eine kleine Ewigkeit später regte sich Zarina an Rolfes Schulter, und er fragte besorgt: »Liebling, habe ich dir auch nicht weh getan?«

»Ich habe nie geglaubt, daß Liebe so . . . wunderbar sein kann!« seufzte Zarina. »O Rolfe, wie habe ich nur jemals daran denken können, einen anderen als dich zu heiraten?«

»Ich hatte eigentlich nie heiraten wollen«, bekannte Rolfe, »weil ich mir nicht vorstellen konnte, daß es eine so vollkommene Frau wie dich überhaupt gibt.«

»Ich glaube fest daran, daß Gott uns zusammengeführt und all unsere Probleme gelöst hat«, lächelte Zarina.

Sie erinnerte sich, wie sie bei ihrer Rückkehr aus London aus purem Zufall vom Verkauf der Abtei gehört hatte. Wie leicht hätte sie zu spät kommen können! Dann wäre sie Rolfe nicht begegnet, und er wäre ohne sie nach Indien gefahren. Allein der Gedanke ließ sie erschauern.

Sie legte ihre Hand auf Rolfes Brust, wie um ihm noch näher zu sein. »Ich liebe dich! Ich liebe dich über alles! Und wenn wir in einer Höhle leben müßten, ich wäre genauso glücklich wie jetzt.«

»Glaube nur nicht, daß ich je wieder das Risiko eingehe, dich zu verlieren!« sagte Rolfe ernst. »Nur durch meinen dummen Stolz bist du so krank geworden und wärst beinahe gestorben.« Er senkte die Stimme. »Da ist mir erst klar geworden, daß ich ohne dich nicht mehr leben kann.«

Zarina schmiegte sich an ihn. »Ich habe mir immer gewünscht, so geliebt zu werden«, erklärte sie. »Um meiner selbst willen.«

»Was könnte ein Mann anderes tun als dich um deiner selbst willen lieben?« erwiderte Rolfe. »So tapfer und klug, wie du bist. Auf dem Schiff habe ich erst richtig gemerkt, was für eine außergewöhnliche Frau du bist.« Er küßte sie aufs Haar. »Du hast dich niemals beklagt, weder über das gräßliche Essen noch über den mangelnden Komfort, selbst über die ungehobelten Passagiere nicht.«

»Ich wünschte, ich . . . hätte wenigstens das Baby retten können. Ich . . . habe es versucht«, flüsterte Zarina traurig.

»Niemand hätte mehr tun können«, tröstete Rolfe sie. »Als ich dich das Kind in den Armen halten sah, wäre ich vor Bewunderung beinahe vor dir auf die Knie gesunken.«

Zarina lächelte. »Dann hast du dich gut verstellt«, meinte sie. »Ich hatte befürchtet, du würdest mich vor lauter Ärger verlassen, sobald wir in Indien wären.«

»Du kannst mir nicht mehr entkommen!« erklärte Rolfe. »Nebenbei bemerkt, um sicherzugehen, habe ich eine Hochzeitsanzeige an die *Times* und die *Morning Post* geschickt.« Er strahlte sie an. »Wenn dein Onkel die gelesen hat, wird er einsehen müssen, daß er die längste Zeit dein Vormund gewesen ist und keinerlei rechtliche Handhabe mehr gegen dich hat.«

»Jetzt hast du sie«, sagte Zarina sanft, und drückte einen Kuß auf Rolfes Schulter.

Seine Augen loderten, als er sie in die Arme schloß.

Mit einiger Anstrengung brachte er hervor: »Ich sollte dich lieber ausruhen lassen.«

»Ich dachte, das würden wir schon die ganze Zeit über tun«, erwiderte sie keß.

Rolfe lachte. »Manche halten es für etwas anderes, mein Liebling, aber wenn das deine Vorstellung von Erholung ist, dann bin ich überglücklich, dir dabei Gesellschaft leisten zu dürfen.« Er küßte sie, und Zarina fühlte, wie sie wieder gemeinsam der Sonne entgegenflogen.

Es war kühler geworden.

»Ich denke, ich sollte dem Vizekönig berichten, daß es dir bessergeht. Du bist noch zu schwach, um ihn heute abend zu treffen. Ich werde das Dinner deshalb hier mit dir einnehmen«, murmelte Rolfe zärtlich.

»Wird denn das gehen?« fragte Zarina mit leuchtenden Augen.

»Wenigstens habe ich es vor«, antwortete Rolfe. Bevor er aufstand und in seinen Morgenmantel schlüpfte, küßte er Zarina noch einmal liebevoll. »Möchtest du irgend etwas Bestimmtes, mein Liebling?« fragte er.

»Nur dich!« seufzte sie. »O Rolfe, wie ist es nur

möglich, daß wir so glücklich sind und immer noch leben?«

»Ich werde dich glücklicher machen, als du es dir jetzt vorstellen kannst«, versprach Rolfe. »Aber bevor wir darüber sprechen, will ich dem Vizekönig mitteilen, wie gut es dir schon wieder geht, und ihm für alles danken.«

»Das solltest du natürlich«, pflichtete Zarina ihm bei. »Übrigens, wer ist er eigentlich?«

Rolfe lächelte. »Ich nahm an, du wüßtest es. Aber du hast nach dieser Reise kaum mit einem Aufenthalt im Hause des Vizekönigs gerechnet, oder?«

»Dem Schiff nach zu urteilen«, neckte Zarina ihn, »eher mit einer abgelegenen Hütte oder einem Verschlag aus Bambus!«

Rolfe lachte. »Das kann ich mir denken, aber Gott sei Dank ist der Graf von Dufferin ein entfernter Cousin von mir, und daher gab es keine Schwierigkeiten, hier unterzukommen.«

»Das macht vieles leichter«, murmelte Zarina nachdenklich. Der Aufenthalt würde sie nichts kosten, und damit war eine Diskussion um das leidige Thema »Geld« vermieden.

Rolfe ging zur Tür. »Ich bleibe nicht lange«, versprach er. »Ich möchte bei dir sein, mein Liebling, und das werde ich unserem Gastgeber unmißverständlich klarmachen.« Er lächelte und schloß die Tür hinter sich.

Wieder allein, fragte sich Zarina, ob es tatsächlich kein Traum war, was sie erlebte. Wie kam es, daß Rolfe sie liebte? Wie in aller Welt war es nur möglich, daß sie sich nach den schrecklichen Sorgen der vergangenen Wochen plötzlich im Paradies wiederfand?

Sie hatten geheiratet, sie waren Mann und Frau und mußten niemandem mehr etwas vormachen!

»Oh, ich danke dir, lieber Gott, danke!« seufzte sie aus tiefstem Herzen.

Natürlich würde es auch in Zukunft Probleme geben, besonders wegen ihres Geldes, aber nichts dergleichen sollte von Bedeutung sein neben ihrer Liebe.

»Ich liebe ihn! Ich liebe ihn so sehr!« flüsterte Zarina und schlief glücklich wieder ein.

Es war inzwischen kühl geworden. Während man ihr Bett frisch bezog, nahm Zarina ein Bad. Dann wartete sie aufgeregt auf Rolfes Rückkehr. Sie hatte ihr Haar gebürstet und trug eines ihrer schönsten Nachthemden. So fand sie sich ungleich attraktiver als noch bei seinem letzten Besuch.

Rolfe kehrte nicht so rasch zurück, wie sie es sich wünschte. Der Vizekönig benötigte ihn, hatte er ihr ausrichten lassen, aber er würde versuchen, so bald wie möglich wieder bei ihr zu sein.

Diese Nachricht hatte Zarina erhalten, als sie aus ihrem langen Schlaf erwacht war. Nun ging gerade die Sonne unter. Bei Kerzenlicht würde das Zimmer sehr romantisch wirken.

Sie hoffte, daß der Vizekönig und Rolfe endlich mit ihrer Unterredung fertig wären. Dann würde er gleich hier sein. Und tatsächlich öffnete sich in diesem Moment die Tür, und Rolfe kam herein. Er trug einen weißen Anzug, den sie noch nie an ihm gesehen hatte, und sah ausnehmend gut aus. In der rechten Hand hielt er einen Strauß aus lauter weißen Blumen — Rosen, Orchideen und Lilien. Es war der vollkommene Strauß für eine Braut.

»Sind die für mich? Wie wunderschön!« freute sich Zarina.

»Sie sind für meine Frau«, erwiderte Rolfe. »Das erste Geschenk, das ich ihr machen kann.«

»Ich danke dir . . . vielen, vielen Dank!« sagte Zarina und lächelte ihn strahlend an.

»Ich habe noch ein Geschenk für dich . . . eigentlich sind es ja zwei«, fuhr er fort und legte zwei kleine Schmuckschatullen vor Zarina aufs Bett.

Sie betrachtete seine Geschenke gerührt. Als sie eines der Schächtelchen öffnete, lag ein Ehering darin. »O Rolfe . . . Liebling!« rief sie. »Ich würde dieses Geschenk gegen nichts in der Welt eintauschen wollen!«

Rolfe nahm den Ring aus der Schatulle und küßte Zarinas Hand, bevor er ihr den Ring an den Finger steckte. »Jetzt gehören wir für immer zusammen«, sagte er bewegt, »und es gibt kein Zurück.«

»Das . . . brauchen wir auch nicht«, antwortete sie.

»Jetzt schau dir das andere Geschenk an«, bat er lächelnd.

Sie öffnete es und stieß einen Freudenschrei aus. In der zweiten Schatulle lag ebenfalls ein Ring. Dieser war mit einem großen, herzförmigen Brillanten besetzt, der von vielen kleinen Steinen eingefaßt war.

»Oh . . . Rolfe!« Zarina rang nach Atem. »Er ist bezaubernd . . . einfach wundervoll, aber wie konntest du . . .?« Sie hielt inne, um ihn nicht zu kränken.

». . . dir das leisten?« vollendete Rolfe an ihrer Stelle den Satz. »Warte nur ab, ich werde es dir erklären.«

Ängstlich sah sie ihn an, ihr schoß durch den Kopf, daß er vielleicht etwas Unüberlegtes getan hatte. Er mußte von Indien aus einen Teil seines Erbes veräußert haben, um ihr diesen kostbaren Ring kaufen zu können.

Rolfe setzte sich neben sie aufs Bett und zog einen Brief aus der Tasche. »Den habe ich heute von Mr. Bennett erhalten.«

»Er hat *dir* geschrieben?« fragte Zarina irritiert. »Was ist passiert?« Es mußte irgend etwas vorgefallen sein, sonst hätte Mr. Bennett den Brief an sie geschickt. Trotz seiner neuen Aufgaben auf Rolfes Anwesen war er schließlich immer noch ihr Angestellter.

»Ich werde ihn dir vorlesen«, antwortete Rolfe. »Und wenn ich damit fertig bin, kannst du dich für die Geschenke mit einem Kuß bei mir bedanken.«

Zarina schaute ihn beunruhigt an und spürte, wie ihr Herz aufgeregt klopfte.

Rolfe zog den Brief aus seinem Kuvert und öffnete ihn in aller Ruhe. Langsam, so als wolle er jedes einzelne Wort auskosten, begann er zu lesen:

»Eure Lordschaft, hoffentlich erreicht Sie mein Brief gleich nach Ihrer Ankunft in Indien — nur für den Fall, daß ich nicht alles nach Ihren Wünschen erledigt habe.«

Zarina stieß einen Laut des Erschreckens aus und griff nach Rolfes Hand. Er lächelte sie aufmunternd an und las weiter:

»Gleich nachdem Eure Lordschaft mit Miss Zarina aufgebrochen waren, habe ich eine sorgfältige Inventur der Abtei durchgeführt, um mich davon zu überzeugen, daß alles an seinen angestammten Platz zurückgebracht worden war. Abgesehen von einigen kleineren Reparaturen, lag nichts von Bedeutung vor.

Daraufhin warf ich einen Blick in den Keller, um bis zu Ihrer Rückreise eventuelle Lücken im Weinkeller aufzufüllen . . .«

Rolfe machte eine Pause und holte tief Luft. Für einen Augenblick betrachtete er Zarina. Sie hing an seinen Lippen und sah dabei so hinreißend aus, daß er sich zu ihr herunterbeugen und sie küssen mußte. Bevor sie etwas sagen konnte, fuhr er fort:

»Als ich die hinteren Teile des Kellers inspizierte, fiel mir an einem der alten Gewölbe eine schadhafte Stelle ins Auge. Eine Tür war beschädigt, und seltsamerweise hing eine von diesen billigen Ketten daran, mit denen man Gepäckstücke auf Kutschen befestigt . . .«

Rolfe warf Zarina einen flüchtigen Blick zu. Er erinnerte sich genau, wie er Zarina gefunden hatte — gefesselt! Er hatte die Axt genommen und . . . Langsam las er weiter:

»Ich bat den Zimmermann Ihres Anwesens, die Tür zu reparieren, und zu unser beider Überraschung stellte er fest, daß die kaputte Tür aus Gold bestand!«

Zarinas Stimme überschlug sich beinahe. »Hast . . . du . . . Gold gesagt?«

»Gold!« bestätigte Rolfe. »Aber Bennett schreibt noch mehr.« Er atmete tief ein.

»Tatsächlich bestand die gesamte Vorderseite des Gewölbes aus purem Gold, und ich hoffe, daß Eure Lordschaft der Meinung sind, daß ich richtig gehandelt habe.

Weil ich mir nämlich dachte, es müsse sich um einen Fund aus jener Zeit handeln, als man die Klöster auflöste, habe ich für eingehendere Untersuchungen Experten des Britischen Museums kommen lassen. Diese entdeckten dann den in einem Hohlraum des Gewölbes eingemauerten Klosterschatz. Er umfaßt zwei goldene und mit kostbaren Steinen verzierte Kelche, ein Kreuz sowie zahlreiche Pokale und Schalen. Darüber hinaus fand man Lesezeichen und allerlei Zierrat von großem künstlerischen und historischen Wert.

Den Schatz habe ich einstweilen der Obhut des

Museums anvertraut, um Ihre Weisungen abzuwarten. Das Gold liegt in sicherer Verwahrung.

Die Fachleute schätzen den Wert dieses Fundes auf ungefähr eine Million Pfund Sterling, wenn nicht sogar mehr.

Eure Lordschaft, jetzt bleibt mir nur zu hoffen, daß ich alle notwendigen Vorkehrungen getroffen habe, damit der Schatz bis zu Ihrer Rückkehr in sicherer Verwahrung ist . . .«

Rolfe beendete die Lektüre und schaute Zarina an.

»Ich kann es nicht glauben, ich kann es . . . einfach nicht glauben«, schluchzte sie.

»Ich schon«, lachte er. »Ich bin jetzt ein reicher Mann, mein Liebling, aber was sind alle Reichtümer dieser Erde im Vergleich zu dir!«

Er legte den Brief zur Seite und zog Zarina in seine Arme. »Ich liebe dich! Und wenn sie herausfänden, daß die Abtei aus Diamanten bestünde und die Felder sich in Gold verwandelt hätten — neben deiner Liebe wird alles andere unwichtig und klein.«

»Ja, ich liebe dich auch . . . wie sehr ich dich liebe, Rolfe!« flüsterte Zarina. »Endlich brauche ich mir . . . wegen meines Geldes keine Sorgen mehr zu machen.«

»Das können wir getrost vergessen«, erklärte Rolfe. »Jetzt kann ich dir alles geben, was du brauchst, und selbst dafür aufkommen.«

Er hatte mit dem Besitzerstolz eines kleinen Jungen gesprochen, und Zarina rief: »Du hast mir schon die Sonne gegeben, den Mond und die Sterne!

Und Rolfe, ich liebe . . . deine Ringe und freue mich so . . . über deinen herrlichen Schatz, aber nichts läßt sich mit deinen Küssen vergleichen . . . und dem Gefühl, wenn du mir zeigst, daß ich dir gehöre!« Das Letzte hatte sie nur mehr gehaucht, und Scham färbte nun ihre Wangen rot.

Rolfe betrachtete sie lange, bevor er mit rauher Stimme erwiderte: »Ich verehre dich! Ich bete dich an! Wie recht du hast, mein Liebling! Wir haben alles, was zählt. Ich bin deshalb so glücklich über Bennetts Fund, weil ich ihn mit dir teilen kann. Wenn wir nicht mehr leben, soll alles unseren Kindern gehören.«

Zarina vergrub ihr Gesicht an seiner Schulter.

»Du möchtest ein Kind«, sagte Rolfe bedächtig. »Mein Liebling, wo auf der Welt gibt es einen besseren Platz für unsere Söhne und Töchter als meine Abtei und dein Anwesen?«

Er drückte sie fest an sich.

»Wir sollten nach Hause fahren und uns ein Heim schaffen. Würde dir das gefallen?«

»O Rolfe, nichts lieber als das! Aber was wird aus den Klöstern, die du sehen wolltest?«

Zarina sah ihn fragend an.

»Wir werden irgendwann nach Indien zurück kommen«, antwortete Rolfe. »Jetzt will ich dich nach Hause bringen. Du wirst die Abtei so vollkommen machen wie zu alten Zeiten.«

»Ja, kehren wir nach Hause zurück«, seufzte Zarina verzückt. »Und alle, die für uns arbeiten — ob Bauern, Diener oder Dorfbewohner —, sollen a unserem Glück teilhaben.« Sie schlang die Arme um seinen Nacken und zog ihn zu sich herab.

Rolfe küßte sie erst zart, dann wild und besitzergreifend. Während er mit Zarina in einem Meer der Leidenschaft versank, wußte er: Das war es, wonach die Menschen aller Zeiten suchten und wofür sie kämpften: Liebe.